Biblioteca Universale Rizzoli

# LORENZO LICALZI

# Vorrei che fosse lei

**BUR**

N A R R A T I V A

Proprietà letteraria riservata
© 2006 RCS Libri S.p.A., Milano

ISBN 978-88-17-01625-4

Prima edizione Rizzoli 2006
Prima edizione BUR Narrativa marzo 2007
Seconda edizione BUR Narrativa ottobre 2008

Per conoscere il mondo BUR visita il sito **www.bur.eu**

# Vorrei che fosse lei

*A Tomaso*
*(in modo che sappia che cosa lo aspetta)*

Ogni uomo è cacciatore, magari non spara,
ma la mira la prende lo stesso

Lorenzo Zanardi


A ogni donna corrisponde un seduttore,
la sua felicità sta nell'incontrarlo

Sören Kierkegaard

# Premessa dell'autore

Anche il lettore che non conosce Andrea Zanardi per aver letto *Il privilegio di essere un guru* potrà ugualmente apprezzare il personaggio e la storia, magari perderà qualche sfumatura, ma sarà ugualmente in grado di comprendere appieno la Sostanza dell'Uomo (inteso anche come genere maschile). In ogni caso, a uso e consumo di questi nuovi lettori, due o tre cose vanno rammentate. Andrea Zanardi, infermiere genovese quarantenne, ha un unico incrollabile interesse: sedurre il maggior numero di donne possibile. Per raggiungere il suo scopo, grazie a una straordinaria conoscenza dell'animo femminile unita a doti camaleontiche fuori dal comune, diventa ogni volta l'Uomo Perfetto, vale a dire l'uomo che "quella donna", nei suoi desideri più intimi e perfino a lei stessa segreti, desidererebbe incontrare. Ruolo, questo, difficile da sostenere, ma che Andrea Zanardi interpreta con dedizione assoluta e grande spirito di sacrificio fino a "missione" – chiamiamola così – avvenuta. Dopodiché, perso ogni interesse per la preda di turno, fatalmente si volatilizza per battere nuovi territori di caccia. Un giorno conosce Maria, una segretaria di secondo livello molto bella e molto presa da un misticismo integralista e modaiolo. Deciso a conquistarla, le fa credere di essere anche lui un tipo tutto compenetrato nel misticismo, trascorrendo così le quattro settimane più spirituali della sua vita tra camminate su braci ardenti, letture zen, abbracciamenti di alberi e cucina rigorosamente macrobiotica. Durante un corso di reiki, al quale Maria lo costringe a iscriversi, il nostro eroe scopre, con suo stesso stupore, non solo di avere insospettabili capacità taumaturgiche ma che forse, dico forse, la sua natura più profonda è molto meno materialista di quanto appaia, tanto che il maestro di reiki sembra addirittura indicarlo come un potenziale guru. Sinceramente turbato dalla piega che stanno prendendo gli eventi (ma non prima di aver sedotto e abbandonato Maria), decide di partire per il Giappone, la patria del reiki, alla ricerca di se stesso e magari, già che c'è, anche di qualche bella giapponesina. Purtroppo però, non appena messo piede in albergo, viene colto da una fulminante colica renale e subito ricoverato in ospedale. Il destino, ma forse sarebbe meglio dire il "karma", vuole che suo compagno di stanza sia un vecchio monaco zen, capo carismatico di un monastero sulle pendici del monte Fuji e grande maestro reiki. Il Maestro è chiuso in un mutismo assoluto da venticinque anni e parlerà solo quando troverà il suo successore. Il monaco e Zanardi fanno amicizia comunicando attraverso gesti e bigliettini scritti in inglese, lingua che Andrea, considerandola uno strumento di lavoro, conosce abbastanza bene. Il giorno in cui il Maestro viene dimesso, tra lo sbigottimento generale, proprio salutando Andrea Zanardi, inizia di nuovo a parlare, e lo invita ad andarlo a trovare al monastero con la promessa, tra l'altro, di insegnargli il reiki. Zanardi nicchia, è indeciso, non sa...

Quanto segue, e questo vale per tutti i lettori, getta una luce nuova su un personaggio assai controverso. Quello che ha il coraggio di fare Andrea Zanardi in queste pagine è un vero e proprio outing che farà capire alle donne (soprattutto a quelle che lo hanno odiato) che per lui non sono state tutte rose e fiori, che la strada per conquistarle è stata lastricata da insidie e trabocchetti, e che infine se Andrea Zanardi, nel bene o nel male, è diventato quello che è diventato, un breve ma sentito esame di coscienza dovrebbero farlo anche le donne che hanno generato il "mostro". Sempre che, naturalmente, Andrea Zanardi possa davvero essere considerato tale. Andrea Zanardi è un mascalzone, d'accordo, spudoratamente maschilista, nessuno lo nega, ma è simpatico, allegro e ricco di sorprese. L'alternativa oggi come oggi qual è? Voglio dire fuori dal mito, dai film o dalle pagine dei libri? L'alternativa è spesso un uomo triste, spaesato e povero di iniziative. Un uomo stanco, sprofondato nelle pantofole e ottenebrato dalla quotidianità (oppure, che è anche peggio, un fighetto tutto palestra, cellulari, lavoro, e week-end sulla neve o in beauty farm). Allora, almeno due domande sorgono spontanee: chi è il mostro? Andrea Zanardi che per un mese fa vivere Maria come una regina, assecondandola in tutto, regalandole il sogno di aver trovato finalmente il suo karma e poi sparisce dalla sua vita lasciandole però un ricordo indimenticabile, o un uomo che rimane per tutta la vita e non si accorge neppure che la sua donna ha cambiato il colore dei capelli? E il suo maschilismo d'altri tempi, così palese da essere perfino ingenuo, non è forse molto meno nocivo di quello sotterraneo, mascherato e subdolamente prevaricatore, tipico di molti uomini che si definiscono "moderni"?

Per questo Andrea Zanardi è, nella sua normalità – o forse proprio per la sua normalità – un Mito, per gli uomini soprattutto, che ritrovano in Andrea Zanardi il loro Andrea Zanardi perduto, e per le donne, quelle più smaliziate e autoironiche, naturalmente, che riconoscono in lui i tanti Andrea Zanardi della loro vita e che in fondo, persa ormai ogni speranza, preferiscono vivere un giorno con un leone che cento anni con una pecora.

*Lorenzo Licalzi*

# ふたつの節目 ― 月曜日火曜日と水曜日

# I due nodi

*Lunedì martedì e mercoledì*

Mi hanno dimesso dal reparto di medicina interna del Juntendo Hospital di Tokyo in una splendida mattina di sole. La primavera era alle porte e iniziavano a fiorire i ciliegi.

Alla fine avevo deciso, con grandi titubanze, di andare a trovare il mio amico Guru al monastero sul monte Fuji. In previsione dell'ingente esborso economico per le cure mediche che avevo ricevuto, sapevo di essere a corto di soldi ma non volevo tornare in Italia, non subito almeno. Visto che avevo ancora una notte pagata al Keikan Tokyu Hotel, sarei partito alla volta del monastero la mattina dopo. Mi sentivo un leone, energico come non lo ero mai stato, pronto, almeno in quell'ultimo scampolo di vacanza, ad affrontare la Tokyo by night. Devo dire però, che se non fosse stato per gli insegnamenti zen che il mio amico Guru mi aveva elargito in abbondanza durante tutto il periodo in cui avevamo condiviso la stanza, più che un leone avrei dovuto sentirmi una iena. La sera prima mi avevano detto di prepararmi visto che mi avrebbero dimesso verso le otto. Io alle sei ero già pronto, vestito anche piuttosto elegante e con la borsa fatta, ma alle dieci non si era ancora visto nessuno.

Verso le dieci e un quarto, nonostante la mia nuova natura zen, ho iniziato a perdere la pazienza. Sono uscito dalla mia camera e ho girato in lungo e in largo tutto il reparto. Deserto. Non c'era nessuno, neppure un infermiere. Poi, finalmente ho incontrato Schillaci – un inserviente addetto alle pulizie fan di Schillaci che si fa chiamare, appunto, Schillaci e col quale eravamo diventati grandi amici – che usciva con passo instabile dalla sala operatoria. Mi pareva ubriaco.

«Ehi Schillaci, ma dove sono tutti quanti?» gli ho chiesto in italiano accompagnando la frase con i gesti.

Lui naturalmente l'italiano non lo sa, conosce solo tre parole: "Schillaci", e "notti magiche", però ormai avevamo un nostro codice gestuale ben definito (tipo alfabeto dei sordomuti ma meno ortodosso) e ci intendevamo alla perfezione. Facevamo anche discorsi lunghi, accompagnando i gesti con frasi didascaliche nelle reciproche lingue.

«Sono tutti in sala operatoria» mi ha gesticolato indicandomela.

«In sala operatoria?»

Sì sì, mi ha fatto cenno con la testa ridendo.

«E cosa ci fanno in sala operatoria?» ho chiesto sempre gesticolando per farmi capire.

E lui mi ha risposto con un gesto inequivocabile, un suo cavallo di battaglia, quello col pugno chiuso che va su e giù in un movimento breve e rapido, a stantuffo per intenderci.

«Scopano?» ho chiesto perplesso. Il gesto era inequivocabile e Schillaci lo utilizzava spesso per indi-
carmi tutte le tresche del reparto compresa quella tra
il primario e la caposala, ma mi pareva strano.

Sì sì, mi ha fatto cenno con la testa ridendo e ri-
petendo più volte «Scopano», anche perché il voca-
bolo "scopare" è la quarta parola che conosce, visto
che tra l'altro lui, essendo inserviente addetto alle
pulizie, non fa altro nella vita.

«Ma smettila...» gli ho detto incredulo picchiet-
tando l'indice sulla tempia.

Lui prima mi ha fatto cenno come per dire «Quasi» e poi, sempre a gesti naturalmente, mi ha *detto*:
«Vai vai entra entra» praticamente mi ci ha spinto
dentro.

Sono entrato. Non scopavano, infatti, però c'era
una festa e qualche medico allungava le mani, questo sì.

Pare che il vecchio dott. Tanizaki andasse in pensione e che quello fosse l'ultimo giorno di lavoro, così tutto il reparto si era riunito in sala operatoria per
un buffet commemorativo a base di tofu, sushi, ra-
men, fritto misto di tempura e sashimi disposti in
grande abbondanza sul tavolo chirurgico, il tutto in-
naffiato da sake e shochu.

Appena ho fatto capolino, il prof. Hayaschi, il po-
tente primario del reparto, si è aperto in un sorriso e
mi ha invitato a entrare.

«Caro Zanardi, venga venga, beva qualcosa con
noi, tanto adesso se lo può permettere» mi ha detto
in inglese.

«La ringrazio professore, ma sarei in dimissione...

se qualcuno mi firmasse il foglio io me ne andrei... tra l'altro devo ancora pagare i trattamenti reiki, mi ha detto la caposala che sono trecentomila yen, giusto?» I trattamenti reiki me li aveva suggeriti, ma forse sarebbe meglio dire imposti, lo stesso prof. Hayaschi; mi aveva mandato un suo scagnozzo-terapeuta che abitualmente lavorava nella sua clinica privata e che naturalmente avrei dovuto pagare a parte. Comunque sembra mi avessero fatto bene, ero stato molto ricettivo e forse anche grazie all'energia reiki i miei calcoli si erano completamente sciolti. Boh.

«Mi pare, sì» mi ha risposto il prof. Hayaschi aggrottando per un attimo la fronte pensoso. «Ma non si preoccupi» ha continuato sorridendo ancora, «per pagare e per morire c'è sempre tempo, come si dice dalle nostre parti, venga, piuttosto, si beva un bel bicchiere di shochu con noi.» Non sapevo che «per pagare e per morire c'è sempre tempo» si dicesse anche dalle loro parti. Dalle mie è un cavallo di battaglia, soprattutto il pagare.

E vabbe' beviamoci 'sto shochu, tanto ora più ora meno.

Mi sono avvicinato e Hayaschi, tutto gentile, un po' per la lieve alterazione alcolica e un po' perché sapeva che di lì a poco gli avrei sganciato trecentomila yen, dopo avermi versato un bel bicchierozzo di shochu e avermi messo in mano una specie di involtino primavera mi ha detto, dandomi una pacca sulla spalla:

«E allora, Zanardi, finalmente potrà visitare Tokyo: cosa farà di bello? Mi dica».

«Mah, professore, non lo so, mi sa che di bello, vista la sfiga che ho, farò ben poco. Sarei dovuto partire domani, ma mi sono fatto spostare il volo. Non lo so, stanotte dormo al Tokyu Hotel, poi domani pensavo di andare a trovare il mio compagno di stanza al monastero sul Monte Fuji, e magari fermarmi un po' lì, tipo convalescenza...»

«Caro Zanardi, lei non ha bisogno di nessuna convalescenza, è perfettamente guarito, un vero miracolo! Modestamente... eh eh, i suoi calcoli si sono sciolti come la neve del Monte Fuji in estate, mai vista una cosa del genere in tanti anni di onorata carriera, comunque fa bene ad andare al monastero, io non ci sono mai stato ma dicono sia un posto bellissimo.»

«Immagino, piuttosto, che lei sappia se ci sarà molto da camminare?» gli ho domandato.

«Alla quinta stazione ci arriva la strada, poi per salire fino in vetta al Fuji ci vogliono ancora circa cinque sei ore a piedi, dipende dal passo... ma il monastero non è in cima, so che a un certo punto deve prendere un altro sentiero, ma è segnalato, credo, non so, gliel'ho detto, non ci sono mai stato, in ogni caso dal monastero al cratere dovrebbero esserci ancora tre ore, più o meno, diciamo che se cammina svelto al monastero ci arriva al massimo in due ore, due ore e mezza, comunque sappia che è a quasi duemila metri d'altezza.»

«Duemila metri? Ma ci sarà un freddo cane!»

«Be' sì, si copra mi raccomando, anche se andiamo verso la bella stagione. In ogni caso non vada col taxi perché le costerebbe un sacco di soldi, vada a Shinjuku da dove poi prenderà il 18 per Kawaguchi-ko. Stia attento però, ci sono anche altri autobus per il Fuji, ma la portano a stazioni più lontane, lei deve prendere il 18 si ricordi... è un autobus di una linea privata, le costerà un po' di più ma guadagna almeno due ore a piedi... si ricordi il 18, vuole che glielo scriva?»

«Tranquillo, mi ricordo.» Come avrei potuto non ricordare, è quello che prendo a Genova per andare al lavoro.

In quel momento si è avvicinata a noi una dottoressa, la bella neurologa che era venuta a visitarmi perché non dormivo mai e che quando le avevo chiesto il numero di telefono aveva fatto finta di non capire.

«Le presento la dottoressa Tsushima» mi ha detto Hayaschi, e poi rivolgendosi alla dottoressa Tsushima: «Dottoressa... le presento mister Zanardi».

La dottoressa Tsushima, dopo aver accennato un inchino, mi ha dato la mano e ha detto:

«Mi pare che ci siamo già conosciuti no? Non si ricorda di me?».

Come no, ho pensato, ti ho chiesto anche il numero di telefono ma tu hai fatto finta di non capire, cos'è, hai imparato l'inglese tutto d'un colpo?

«Certo che mi ricordo» le ho detto, «difficilmente potrei scordare una donna con degli occhi come i suoi.»

Da come li spalancava parlando e da come li aveva truccati avevo capito che la tipa agli occhi ci teneva. Li aveva normalissimi, intendiamoci, ma forse, dico forse, rispetto a quelle fessure che hanno i giapponesi, erano un po' più grandi dello standard, quindi probabilmente pensava di avere degli occhi pazzeschi, ma non era tanto sicura, aveva bisogno di conferme. Insomma, si capiva benissimo che gli occhi erano il suo punto debole. Mai fare dei complimenti a una donna su una parte del corpo che sa di avere obiettivamente brutta, ma se pensa di averla bella, soprattutto se lo pensa solo lei, e lo si capisce perché la esalta, allora quello è il suo tallone d'Achille. Quella frase, infatti, aveva centrato il bersaglio perché da quel momento, forse perché a differenza della prima volta non ero in pigiama e non avevo il catetere – ha incominciato a lanciarmi sguardi interessati.

Siamo restati ancora dieci minuti a bere e a mangiare, poi Hayaschi ha attirato l'attenzione di tutti battendo le mani più volte ed è partito in tromba con un discorso commemorativo in giapponese per salutare il dott. Tanizaki. Tutti, io compreso, annuivamo compiaciuti. Finito il discorso gli ha regalato, a nome di tutto il reparto, una spada da samurai in acciaio inossidabile (con la quale probabilmente a quest'ora avrà fatto harakiri vista la tristezza che aveva negli occhi). Poi siamo stati ad ascoltare distratti il dott. Tanizaki, che dopo aver fatto almeno cinquanta inchini, si è esibito a sua volta in un discorso di congedo. Alla fine, dopo un applauso di rito, il prof. Hayaschi ha invitato tutti a tornare al lavoro.

Mentre ci avviavamo verso il corridoio mi sono avvicinato alla dottoressa Tsushima e le ho detto:

«Oggi mi dimettono lo sa?».

Lei mi ha fatto cenno di sì con la testa, come per dire lo so, e poi mi ha guardato accennando un breve sorriso e spalancando a dismisura gli occhi, tipo arancia meccanica per intenderci.

Io allora, portando una mano davanti ai miei come quando ci si ripara da una luce accecante, le ho detto:

«Non mi guardi così, la prego, i suoi occhi sono davvero irresistibili, due diamanti, due fari abbaglianti e io... io ci sono davanti, non ho mai visto un'orientale con degli occhi così grandi, davvero, mi creda, lei ha degli occhi... magnetici, ecco sì magnetici è la parola giusta».

La dottoressa Tsushima si è sciolta nell'ennesimo sorriso, questa volta ancora più languido. «Irresistibili» «grandi» e «magnetici», una serie di complimenti come questi, tutti insieme e ben detti, non li aveva mai sentiti in vita sua. Senza contare la strofetta di Mal, canzone che lei non poteva conoscere. Così ho incalzato:

«Io stasera sono solo, perso in una metropoli gigantesca come questa, le va di farmi un po' di compagnia, la posso invitare a cena?».

Lei è rimasta un attimo interdetta. Ero stato troppo affrettato, lo so, ma mi stavano dimettendo. Non è che avessi tutto questo tempo. Allora, cogliendo la sua indecisione e prima che potesse esprimersi negativamente, l'ho stroncata con una frase ad effetto: «Non mi vorrà privare della gioia di parlare dei suoi occhi... e di guardarli... non vorrà farmi questo, non vorrà privare uno straniero della possibilità di perdersi nelle uniche bellezze di Tokyo che non sono sulle guide turistiche spero?». Un poeta.

Lei ha sorriso ancora e mi ha detto:

«Ah no, non sia mai, lo sa che per noi giapponesi l'ospitalità è sacra». E ha buttato lì una spalancata di occhi da far paura.

Ci siamo dati appuntamento alle otto nella hall del mio albergo per un aperitivo, poi saremmo andati a cena in un posto che conosceva lei. Sentivo che era fatta. La vacanza in Giappone finalmente iniziava a prendere la piega giusta.

Alle undici, dopo aver sganciato trecentomila yen – in nero – per i trattamenti reiki e più del triplo (praticamente gli ho lasciato i traveller's cheque) per le cure mediche e la degenza (speravo, ma non ci credevo, che almeno questi me li potesse rimborsare la mutua, una volta rientrato in Italia), avevo il foglio di dimissione in mano accompagnato da una bella ricetta con scritte le indicazioni terapeutiche, in giapponese. Prima di lasciare definitivamente il reparto sono passato a salutare per l'ultima volta Hayaschi, che era rintanato nel suo studio. Ne avrei fatto volentieri a meno ma Hayaschi, per avere il massimo controllo su tutto, vuole firmare di suo pugno il foglio di uscita. Come se il fatto di per sé non fosse l'ennesima rottura di scatole, ho dovuto aspettare venti minuti buoni perché c'era la luce rossa. Quando c'è la luce rossa non si può entrare perché vuol dire che l'esimio è occupato e non lo si può disturbare per nessunissimo motivo. Alle undici e mezza è uscita la caposala ancora con i capelli un po' scompigliati.

Ho bussato. Nessuna risposta. Se c'è una cosa che odio è quando si bussa a una porta e nessuno risponde. Ogni volta che capita sono tormentato da almeno tre ipotesi: A) Non c'è nessuno. B) Ci sono ma non hanno sentito. C) Ci sono, hanno sentito ma sono occupati. Che fare? In base alla risposta, dopo una attesa irrequieta agisco: nel primo caso apro la porta per vedere se davvero non c'è nessuno. Nel secondo busso di nuovo ma questa volta più forte. Nel terzo aspetto... mezzo minuto, e poi non ce la faccio, apro piano la porta e spunto con la testa sbirciando dentro e chiedendo permesso. Dato che quasi sempre avevano sentito ma erano occupati, quasi sempre mi sento rispondere: «Un attimo per favore non vede che siamo occupati!».

In questo caso ero quasi certo che il professore ci fosse, così, dopo aver aspettato ancora mezzo minuto, ho aperto piano la porta chiedendo permesso.

Da dietro lo schermo di un computer è sbucato il testone brillantinato di Hayaschi che mi ha detto: «Un attimo per favore non vede che sono occupato!». Eh, ma se non aprivo la porta non lo vedevo, ho pensato.

Ho richiuso la porta e ho aspettato.

Dopo cinque minuti ho sentito di nuovo la voce di Hayaschi:

«Come here mister Zanardi, please».

Ho aperto timidamente di nuovo la porta.

«Professore...»

«Entri entri caro Zanardi» mi ha detto Hayaschi mentre faceva finta di trafficare al computer, «mi scusi se l'ho fatta aspettare ma ero un po' indietro con l'inserimento di certi dati e così la caposala mi ha aiutato» e ha sorriso.

Anche lui era un po' spettinato. Secondo me era ancora occupato perché si stava tirando su i pantaloni visto che ormai l'inserimento dei dati l'aveva finito di sicuro.

«Non c'è problema professore... ecco, ho qui il foglio di dimissioni, se lo vuol firmare... così io me ne andrei.»

«Certo Zanardi, ma si sieda, prego.»

Mi sono seduto in attesa del Verbo.

«Ora lei è perfettamente guarito, però attento alla dieta, niente stravizi e poi stia attento soprattutto alla prostata. Le prostatiti hanno bisogno di tempo per guarire definitivamente, certe volte anche un anno... Piuttosto, faccia caso se quando eiacula prova dolore...»

Spero di farci caso stanotte, ho pensato.

«... e mi raccomando, segua da bravo la terapia che è segnata sul foglietto per almeno sei mesi, una pastiglia al giorno a stomaco pieno.»

«Mi scusi professore ma nel foglietto la terapia è scritta in giapponese...»

«Oh, ha ragione Zanardi, che sbadato, è vero. Guardi, facciamo così, le scrivo il principio attivo, così non avrà problemi.»

«Grazie professore, ma devo iniziarla subito oppure...»

«Subitissimo, si faccia dare dalla caposala qualche campione omaggio e poi vada in farmacia con questa ricetta, anzi, appena esce dall'ospedale proprio di fronte c'è una farmacia, ora telefono e gli dico di prepararne... quanto rimane ancora qui in Giappone?»

«Ma non saprei, non ho ancora deciso.»

«Vabbe', ogni scatola ne contiene mi pare trenta... io gliene ordino tre scatole, per sicurezza.»

L'ho ringraziato, perfino un po' stupito per la sua gentilezza, poi ci siamo salutati, prima col solito inchino e poi con una virile stretta di mano.

Prima di andarmene sono passato a salutare Schillaci, l'ho cercato per un po' ma non lo trovavo, poi l'ho beccato che stava fumando nell'atrio seduto su una barella. Solo, e triste, probabilmente gli dispiaceva che io me ne andassi.

«Ciao Schillaci, io vado.» Appena gli ho gesticolato così, a conferma della mia ipotesi, gli sono venute le lacrime agli occhi.

«Dài su Schillaci, non piangere che se no fai piangere anche me...»

«Non piango, è il fumo che mi va negli occhi» mi ha gesticolato mentendo.

«Ascolta, io vado su al monastero, perché non prendi qualche giorno di ferie e vieni con me?»

«Eh mi piacerebbe, ma non ho più ferie.»

«Sei sicuro?»

Sì sì, mi ha fatto cenno con la testa, sconsolato.

«Quando vai al monastero?» ha continuato.

«Domani.»

Si è allargato in un sorriso e mi ha gesticolato: «Allora vediamoci stasera dài, ti porto a vivere, conosco un posto dove c'è tanta di quella figa che non te l'immagini nemmeno». Il gesto «figa», quello di unire i polpastrelli del pollice e dell'indice, è un classico anche tra i giapponesi.

«Eh magari, ma stasera non posso, mi dispiace, mi vedo con la dottoressa Tsushima. Piuttosto com'è? È una che ci sta?»

Lui ha annuito e ha poi ruotato enfaticamente il braccio destro che nel nostro codice voleva dire «alla grandissima».

Ci siamo scambiati gli indirizzi e mi ha fatto promettere che se viene in Italia lo accompagno a Palermo, a vedere la scuola di calcio "Louis Ribolla" e a conoscere il suo profeta: Schillaci. Gli ho detto di sì. Ci siamo abbracciati stretti stretti e siamo rimasti così per un po', poi sono andato via, senza voltarmi.

Appena uscito dall'ospedale ho capito il subdolo motivo della gentilezza di Hayaschi: la farmacia si chiamava Hayaschi Pharmacy. Bastardo, fino all'ultimo voleva spillare soldi ai pazienti.

Non ci sono andato, in farmacia, mi sono infilato nel primo coffee shop che ho trovato e per la modica spesa di tremila yen ho fatto colazione con cappuccino e bombolone. Il cappuccino sapeva di bombolone e il bombolone di cappuccino, comunque, anche invertendo l'ordine dei fattori il risultato non cambiava, facevano schifo tutt'e due.

Il Keikan Tokyu Hotel è un albergo tranquillo ma un po' fuori mano, piuttosto lontano dalla zona dove mi trovavo io, così, perfettamente riposato com'ero, e avendo con me solo una piccola borsa, ho deciso di spingermi nel cuore di Ginza, il top dello shopping. Avevo intenzione di andare al Mitsukoshi, uno dei più prestigiosi grandi magazzini di Tokyo, dove il mio amico di Hiroshima, l'ingegnere nucleare che avevo conosciuto sull'aereo, mi aveva detto che si riversavano valanghe di casalinghe giapponesi in preda a delirio da acquisto e disposte a tutto pur di avere il gadget desiderato. Non so se sia vero, ma l'ingegnere mi aveva raccontato che una volta lui si era portato una in albergo solo per averle regalato un copriwater con il filo spinato pressato in mezzo alla tavoletta e uno spazzolone da cesso zebrato.

27

Non avendo voglia di camminare venti minuti a piedi né di farmi spellare dal tassista di turno (al mio arrivo dall'aeroporto all'albergo mi avevano estorto ventisettemila yen), ho avuto la malaugurata idea di prendere la metropolitana.

Appena entrato nell'androne del metrò sono stato investito da un fiume in piena. Migliaia di giapponesi che andavano dovunque. Dopo essere stato trascinato per due volte in altre direzioni, nuotando controcorrente come un forsennato, sono riuscito ad arrivare alla banchina giusta. Davanti a me c'era una muraglia umana... vabbe', vista l'altezza media dei giapponesi diciamo un muretto umano.

Quando è arrivato il treno, tutti si sono catapultati dentro insieme. Io sono rimasto un po' interdetto e quasi volevo aspettare il treno successivo, solo che dietro di me, che ero tra gli ultimi e non riuscivo a entrare, c'era un deficiente che mi spingeva come un pazzo.

Mi sono girato e gli ho urlato, in italiano naturalmente:

«E cosa spingi, belinone, non vedi che è pieno?».

Lui mi ha sorriso e ha continuato a spingere. Dietro di lui non c'era più nessuno e lui mi spingeva con tutt'e due le mani appoggiate sulla schiena, preciso uguale a come si spinge una macchina che non parte.

Questo è veramente scemo, ho pensato. Poi mi sono guardato attorno e ho visto che ce n'erano degli altri di scemi, tutti in guanti bianchi che a ogni porta spingevano dentro gli ultimi. Lo facevano di lavoro: in Giappone c'è gente che di lavoro spinge le persone dentro la metropolitana!

Mi sono ritrovato dentro al vagone schiacciato come sul 18, non quello per il monte Fuji, quello per San Martino, incastrato tra un palo e una giapponese, devo dire molto carina, con una mano sulla sua tetta e l'altra sul suo sedere, o su quello di qualcun altro, non so, ma una mano sulla tetta della giapponese l'avevo di sicuro perché la vedevo. Voglio dire vedevo la tetta e la mano, ma non ero neppure sicuro che quella mano fosse la mia. Non l'avevo fatto apposta, giuro, semplicemente, spinto dal pazzo avevo sollevato una mano per evitare di prendere una facciata contro il palo, ma l'avevo mancato e così la mia mano destra, nella calca, aveva deviato un po' fino a rimanere schiacciata tra me e la tetta sinistra della giapponese, tra l'altro in una posizione anche piuttosto scomoda. In ogni modo sono rimasto immobile, non potendo fare altro ho guardato la tipa e sorridendole le ho detto l'unica parola giapponese che avevo imparato a memoria, un classico del tacchinamento: «Sola?»... «*Hitori?*»

È stato come se l'avesse morsa la tarantola (o qualche altro ragno giapponese): ha incominciato a gridare come un'ossessa: «*Chikan! Chikan! Chikan!*». E non la finiva più di gridare 'sto *chikan* e poi ogni tanto diceva anche «*Koban!*»

Non so come sia potuto accadere, ma intorno a noi si è fatto il vuoto e sotto gli sguardi truci dei giapponesi si è materializzato un poliziotto che mi ha pregato di scendere alla stazione successiva. Insomma, "pregato" è un eufemismo, appena il treno si è fermato mi ha trascinato fuori per un braccio.

E qui è iniziato un incubo che non auguro a nessuno: questo parlava a raffica con tono minaccioso, telefonava non so a chi, mi controllava i documenti. Pure la giapponese era scesa, parlava a raffica con tono minaccioso, telefonava non so a chi, mostrava i suoi documenti al poliziotto. Io non capivo una parola di quello che dicevano, cercavo affannosamente *chikan* e *koban* sul mio vocabolario tascabile per vedere che diavolo volevano dire, e non li trovavo. Insomma, panico.

Quando ho trovato *koban* c'era scritto "Poliziotto". Ok, ho pensato, ha chiamato 'sto poliziotto, ma perché? Cos'è, qui in Giappone non si può dire «Sola?» a una donna?

*Chikan* l'ho trovato dopo, su un altro libretto che avevo con me e c'era scritto: «Molestatore. Maniaco sessuale che sfrutta la terribile calca dell'ora di punta sui mezzi pubblici per tastare le donne che viaggiano accanto a lui».

Be', per farla breve, si è materializzato un altro *koban* e mi hanno portato al commissariato. Lì c'erano due poliziotti che sembravano Stanlio e Ollio, sempre che due alti un metro e cinquanta possano sembrare Stanlio e Ollio, che hanno incominciato a interrogarmi in giapponese. Dato che non capivo un accidente, mi sono avvalso della facoltà di non rispondere. Allora, visto che nessuno dei due sapeva una parola d'italiano, né d'inglese, abbiamo aspettato un altro tizio che è arrivato, tutto trafelato, dopo circa un'ora. Durante quell'ora, Stanlio e Ollio si sono divorati un sacco di schifezze da asporto giapponesi, hanno fumato una decina di pestilenziali sigarette Salem al mentolo, e mi hanno guardato sempre in cagnesco.

In Giappone non ho conosciuto dei gran colossi del pensiero, ma il "Trafelato" li batteva tutti. Con quel po' di italiano che sapeva mi ha sottoposto all'interrogatorio più demenziale del mondo, se mi avesse interrogato Schillaci sarebbe stato molto meglio, anzi, se avessi avuto il video telefono gli avrei *detto* di venire subito.

«Berardi-san tu avere toccato donna giapponese, essere accusato di violenza sessuale.»

«Ma quale violenza sessuale, voi siete matti, e poi io mi chiamo Zanardi, con la zeta.»

«Pazardi-san, donna giapponese dire tu toccato sua tetta.»

«Ma chi? Non l'ho fatto apposta, mi ci hanno schiacciato contro.»

«Donna giapponese dire tu toccato anche suo sedere.»

«Ah, allora era il suo?»

«Tu confessi?»

«Ma cosa vuoi che confessi! T'ho appena detto che non sapevo nemmeno se era suo il sedere che toccavo.»

«Che toccavi? Tu confessi toccavi suo sedere, quindi.»

«Ma no, mi ci è finita la mano senza volere.»

«Come può finire mano su sedere di giapponese senza volere?»

«Chiedilo a quel deficiente con i guanti bianchi che mi ha spinto.»

«Tu dire Oshiya?»

«Oshiya? Si chiamava Oshiya? Lo conosci? Allora se lo conosci glielo chiedi e vedrai che ti dice che mi ha spinto.»

«Oshiya non essere nome di persona, ma nome di lavoro di uomo che spinge dentro metropolitana.»

«Bel lavoro che s'è scelto.»

«Oshiya essere lavoro molto onorevole.»

«Se lo dite voi, a me sembra il minimo della vita.»

«Io non volere parlare di Oshiya ora. Tu sapere che in Giappone mano malata essere punita anche con sei mesi di galera?»

«Si dice mano morta, non mano malata. Sei tu malato, nel cervello però. Ma dove cazzo l'hai imparato l'italiano, al Cepu giapponese?»

«Mano morta? Perché morta? Non essere malato chi tocca tetta di donna su metropolitana?»

«O mio dio...»

«Panazardi-san, tu essere maniaco sessuale anche in Italia?»

«E dài, ZA-NAR-DI! Io non sono maniaco sessuale.»

«Tu anche pirofilo?»

«Pirofilooo? Cioè?»

«Tu piacere bambini?»

«Pedofilo, cazzo, si dice pedofilo, io non sono un pedofilo.»

«Donna giapponese essere bambina minorenne...»

«Che vuol dire bambina minorenne? Cos'era, un feto?»

«Cosa essere feto? Non cambiare discorso, tu perofilo...»

«Pedofilo, si dice pedofilo, porca miseria.»

«Tu confessi allora.»

«Io non confesso proprio niente, ho solo detto che si dice pedofilo.»

«Va bene, pelofilo, tu essere accusato anche di pelofilia...»

«Sì mi piacciono i peli adesso, ma guarda te! Pedo-fi-li-a, lo capisci quando parlo?»

«Tu essere accusato di pedofilia, va bene, la bambina avere tredici anni.»

«Tredici anni? Ma come tredici anni? Sembrava mia mamma.»

«Tu confessi almeno violenza sessuale allora.»

«Noo, io non confesso, cosa vuoi che confessi? Sì, confesso che mi ci hanno schiacciato contro, e be'?»

«Se tu non confessi almeno violenza sessuale allora tu accusato anche di pelofilia, mio caro Zapardisan.»

«Si dice Za... Ma vaffanculo va» gli ho detto perdendo definitivamente la pazienza.

«Tu ora essere accusato anche di offesa a pubblico ufficiale.» Vaffanculo, strano ma vero, l'aveva capito.

Insomma, sono stato trattenuto per tutta la notte. Così, dopo aver trascorso i primi diciannove giorni in Giappone in ospedale, ho passato il ventesimo in galera. Non c'è che dire, una gran bella vacanza. All'alba della mattina successiva, grazie al provvidenziale intervento di un funzionario dell'ambasciata, mi hanno liberato, ma solo dopo essersi quasi convinti che non ero un maniaco sessuale e nemmeno un pedofilo e non prima di aver controllato bene chi ero, cosa facevo, dove abitavo, quanti soldi avevo e perfino, non metaforicamente, il buco del culo, per vedere se ci tenevo dentro la droga.

Sono tornato in albergo che erano quasi le nove, stanco, affamato e anche piuttosto incazzato. «Occhi belli» ovviamente me la potevo scordare, e non avevo neppure il suo numero di telefono, sarei dovuto andare in ospedale a cercarla, ma solo all'idea di rimettere piede al Juntendo mi sentivo di nuovo male. Sono salito in camera e, dopo una doccia superveloce e qualche vano tentativo di aprire il cesso elettronico, ho fatto la valigia, sono sceso, ho pagato gli extra (una bottiglia di minerale millecinquecento yen, bastardi), mi sono fatto chiamare un taxi e sono partito alla volta del monastero. O meglio, alla volta di Shinjuku, un quartiere di Tokyo dove c'è il capolinea del mitico 18. Purtroppo non avevo calcolato che 18 in giapponese è un geroglifico indecifrabile così ho girato un bel po' prima di trovarlo. Poi, fortunatamente, ho visto un autobus con la scritta «Monte Fuji: Shinjuku – Kawaguchi-ko», non potevo sbagliarmi. Solo un particolare, sopra la destinazione c'era scritto anche Hayaschi Line. Bastardo, era suo! Era di Hayaschi, ecco perché insisteva così tanto che prendessi proprio il 18. E meno male che non c'era mai stato!

Arrivato all'ultima stazione della mia via crucis, che era iniziata venti giorni prima appena avevo messo piede in Giappone, sono sceso dall'autobus. Proprio di fronte alla fermata, al posto dei taxi, c'erano due o tre contadini che a richiesta ti portavano su al monastero in groppa a un asino. Saranno stati pure contadini, ma volevano trentamila yen e io non li avevo e anche se li avessi avuti non glieli avrei mai dati. Era già esagerato ventisettemila yen per cinquanta chilometri di taxi dall'aeroporto all'albergo, ma trentamila per cinque chilometri di asino era una rapina. Con uno di loro ho trattato per mezz'ora sul prezzo, ma è stato irremovibile, mi ha detto che tra andare e tornare gli ci volevano almeno cinque ore perché doveva anche fermarsi a fare riposare l'asino e che per meno di trentamila yen non si muoveva. Credo di essere stato l'unico turista in tutta la storia del Giappone che è andato al monastero a piedi con un trolley da una parte e una Samsonite dall'altra. Cinque ore di scarpinata, altro che due ore! Su per 'sto cazzo di sentiero che era tutto un tornante, salivi per un po', poi curva a 180 gradi e ti ritrovavi allo stesso punto due metri più sopra. Ho anche sbagliato sentiero perché la deviazione per il monastero non era segnalata... vaffanculo! Ma dico io, i Lupetti vanno da tutte le parti, non potevano andare anche sul Fuji a segnalare il sentiero? A metà mi sono seduto sulla Samsonite e ho pianto. Non mi sentivo neppure tanto bene, mi girava un po' la testa, avevo la tachicardia, sudavo freddo. Dopo venti giorni di ricovero ospedaliero uno sforzo così non doveva essere esattamente un toccasana per il fisico, e tra l'altro, se mi fossi sentito male non avrei neppure potuto chiamare aiuto perché il cellulare sul monte Fuji non prende. In compenso la giornata era splendida, il cielo terso, solo la cima del Fuji non si vedeva perché attorniata dalle nuvole. Per il resto i laghi, le foreste, i campi coltivati, le casette con il loro bel giardino intorno e tutto il panorama fino alla linea dell'orizzonte erano uno spettacolo imperdibile, anche se io me lo sarei perso volentieri. In cambio di un asino avrei fatto tutto il tragitto con gli occhi bendati, tipo sequestrato in Barbagia.

Dopo essermi riposato, ripartito, aver sbagliato sentiero ed essere tornato indietro, ho camminato ancora per un bel po', finché i boschi si sono diradati per lasciar posto a un altopiano. Superata la linea degli alberi, mi sono trovato di fronte un grande prato parzialmente coperto di neve e attraversato da un ruscello. Regnava una calma assoluta. Il sentiero, solcato qua e là da rivoli di acqua argillosa, tagliava macchie di cespugli e di betulle in fiore, poi si perdeva nel prato. L'erba era soffice, sembrava di camminare sulle nuvole. Nel cielo volava un'aquila che disegnava ampi cerchi concentrici. Sulla mia destra c'era uno steccato oltre il quale pascolavano placide alcune mucche. Sulla sinistra, lontano, si intravedeva un gregge di pecore. In fondo, come incastonato nella roccia, si ergeva il monastero, proprio sotto alla vetta del Fuji, che in quel momento si era liberata dalle nuvole. Roba da brividi, soprattutto per il freddo, visto che era quasi il tramonto.

La prima persona che ho visto, seduto sotto un piccolo albero di ginkgo biloba identico a quello raffigurato sulla bottiglietta del mio shampoo, è stato proprio il mio amico Guru. Dormiva (anche se lui poi mi ha detto che stava meditando), russava! Sempre con quel suo viso da bambino invecchiato e con quella sua espressione serafica anche mentre dorme. L'ho chiamato due o tre volte ma lui, in piena fase REM, non mi ha sentito. Allora l'ho scrollato un po' e ha smesso di russare ma ha continuato a ronfare alla grande. Ho incominciato a chiamarlo prima piano, poi sempre più forte, alla fine gli ho tirato un urlo che sul Fuji deve essere venuta giù una valanga. Ha aperto gli occhi a fessura e mi ha guardato per venti secondi buoni con un'espressione ebete. Appena mi ha riconosciuto, cioè appena si è svegliato del tutto, è come impazzito, mi ha abbracciato, mi ha baciato, si è messo a fare i salti di gioia, letteralmente.

«Maestro» gli ho detto quando si è calmato, «sono venuto a trovarti, hai visto? Sai, volevo...»

«Non parlare» mi ha risposto, «so tutto. Ora sei stanco, andiamo a *casa* e A) c'è una camera tutta per te; B) ti fai una doccia; C) ti faccio dare un bel kimono pulito; D) ti levi quelle scarpacce e ti metti i sandali; E) andiamo a cena che ti presento gli altri.»

Insomma, non avevo ancora posato la valigia che mi aveva già trasformato in un monaco scintoista. In ogni caso: A) la camera era tutta per me anche perché era un loculo di due metri per tre; B) la doccia l'ho fatta all'aperto e con l'acqua gelida perché non c'era il riscaldamento, a parte qualche camino e un po' di vecchie stufe a legna; C) il kimono pungeva; D) i sandali erano stretti; E) il menu della cena era composto da cavallette e riso scondito, più una rapa a testa. Gli "altri" erano in tutto venti: quattordici monaci maschi, tutti piuttosto giovani, e cinque monache zen, tutte piuttosto dei cessi, anzi, senza il piuttosto. Per ultima, quando eravamo già tutti seduti a tavola, è comparsa la novizia, la monaca più giovane del gruppo, 23 anni. Spingeva, poverina, un pesante carrello di ferro battuto dove c'erano due pentole, una con il riso e una con le cavallette, e il piatto di rape. La seguiva un gatto che si strusciava tra le sue gambe e si infilava sotto la tonaca e poi ne riusciva. Il carrello lo spingeva a testa china ma poi, proprio quando è arrivata vicino a me, l'ha alzata. Uno schianto, due occhi, loro sì che parevano due diamanti, altro che quelli della neurologa. Era algida, bella, fine, con i lineamenti dolci, una pelle chiara come il latte, snella, sinuosa e sexy nonostante la tunica. Una creatura lunare, che emanava la stessa luce della luna quando è piena. Era rapata a zero, ovviamente, ma questo non toglieva nulla alla sua bellezza, anzi se possibile la esaltava ancor di più. I nostri sguardi si sono incrociati e ho avuto come un turbamento, e anche lei credo, anzi ne sono sicuro.

... E ora sono qui da tre giorni, quando sono solo gironzolo, mi annoio, suono lo shakuhachi – una specie di piffero zen che mi ha regalato il Maestro quando eravamo in ospedale – mi guardo intorno. Ma soprattutto guardo la giovane monaca zen, incrocio i suoi occhi, ma chissà perché non ho ancora avuto il coraggio di rivolgerle la parola. D'altra parte lei non me ne dà modo, mi osserva, questo sì, come se fossi una creatura aliena, ma è sempre affaccendata, scappa via. Cenerentola. Quasi quasi le infilo i miei sandali, sono certo che le vanno bene. Che strana creatura, gira sempre con 'sto gatto che la segue ad ogni passo, impossibile vederla senza gatto. Il Maestro mi ha detto che la tipa non è ancora una monaca zen, ma sta pensando se diventarlo oppure no. Mi ha detto che è in un periodo di profonda riflessione e che il gatto è la reincarnazione del suo promesso sposo, morto annegato quando lei aveva diciotto anni, il giorno prima del matrimonio, e che lei è venuta qui proprio per questo. Si separerà dal gatto solo quando avrà superato il dolore, elaborato il lutto, o quando, in qualche modo, si chiuderà il karma del gatto. Quel giorno deciderà se farsi definitivamente monaca oppure no. Mah...

Ogni giorno il Maestro mi chiama per fare una lunga passeggiata e parlare un po', o meglio, ascoltare, perché, dopo venticinque anni di silenzio parla a raffica e non c'è modo di farlo star zitto. Un'altra cosa che faccio quando sono solo è scrivere. Nella mia stanzetta al lume di candela come Leopardi, o nel patio del monastero guardando la vetta del Fuji come Hemingway (non c'è posto al mondo dove non sia stato Hemingway, sarà stato anche qui) scrivo in continuazione, anzi ho appena finito di scrivere una lunga storia: la mia.

La mattina del terzo giorno, alle sei, mentre dormivo alla grande il Maestro è venuto a chiamarmi.

«Andrea, ti va di accompagnarmi al santuario Konohana?»

«Dove?» gli ho chiesto ancora assonnato.

«Al santuario scintoista dedicato alla principessa Konohana Sakuya Hime, lo spirito della fioritura dei ciliegi.»

«Mah, non so, sono ancora un po' stanco, ho ancora le gambe un po' dure, è lontano?»

«No, è proprio qui dietro.»

«Ma non se ne può fare a meno?»

«Vorrei che lo vedessi e che ci andassimo insieme. E io ci vado soltanto oggi.»

«E vabbe', se proprio ci tieni, a che ora, verso le undici?»

Dieci minuti dopo eravamo già in cammino e il suo «proprio qui dietro» significava un'arrampicata di tre ore perché il santuario avevano pensato bene di costruirlo sulla cima del Fuji, a pochi metri dal cratere. Ho conquistato la vetta con la lingua che mi toccava per terra, mentre il Maestro, ottantadue anni, era fresco come una rosa e quando sono arrivato era già seduto sull'orlo del cratere davanti al santuario che si mangiava tutto goduto un panino con le cavallette. Tutto intorno aria pura, rocce vulcaniche nere come la notte, 'sto santuario, e di ciliegi nemmeno l'ombra. Anzi l'ombra c'era perché era nuvoloso e faceva un freddo cane.

Ci siamo messi a parlare, seduti sulla pietra lavica appuntita. Avevamo dietro alle spalle il cratere del Fuji e sotto ai piedi tutto il Giappone. Un panorama mozzafiato, soprattutto per me che lo avevo già mozzato per l'arrampicata. E finalmente, dopo dieci minuti di apnea ho parlato io. Sarà stato il posto magico, non so, ma ho parlato per due ore, che quasi non sentivo più il freddo. Mi sono sfogato, ho raccontato al Maestro bene e una volta per tutte i miei turbamenti, la mia idiosincrasia per il fidanzamento, la mia voglia di scappar via ogni volta, tutte le strane coincidenze che mi avevano portato fin lì, questo misticismo che aleggiava nell'aria e che pareva volesse rapirmi, anche se io resistevo.

Il Maestro ascoltava e, alla fine, con lo sguardo perduto nell'orizzonte lontano, mi ha detto:

«Andrea, sarai tu stesso a trovare le risposte che cerchi e quel giorno tutto ti apparirà chiaro, inevitabile, semplice e naturale. Oggi nella tua anima ci sono due nodi: il primo è quello che ti impedisce di entrare davvero in contatto con la tua spiritualità e con la tua natura mistica; il secondo è quello che ti ha sempre impedito di avere un rapporto stabile con una donna per obbligarti a passare continuamente da un'avventura all'altra. Per sciogliere il primo dovrai iniziare il faticoso percorso della meditazione. Ogni giorno, per almeno sei mesi, dovrai venire qui al cratere e meditare per due ore, come minimo...».

«Coosa?» l'ho interrotto bruscamente, «allora Maestro, ascoltami bene: tu sei simpatico, siete tutti gentili, grazie, non vi dimenticherò mai, ma se sto qui ancora sei mesi mi ricoverano di nuovo, ma stavolta in psichiatria. E poi se anche per una pura ipotesi fantascientifica dovessi restare qui davvero sei mesi, secondo te tutti i giorni mi faccio 'sto culo per venire a meditare quassù? Scusa eh, ma non ci penso nemmeno. Non posso meditare giù al monastero? Magari sotto la pianta come fai tu, o a letto? Senti, faccio così: quando mi sveglio me ne sto a letto ancora due ore a meditare, va bene?»

Lui ha continuato come se non avessi neppure parlato: «... Con la meditazione, e dunque grazie all'annullamento del pensiero scioglierai il primo nodo, ma non sarà facile. Per sciogliere il secondo nodo, più superficiale, dovrai fare però il processo contrario: dovrai cercare di recuperare i ricordi della tua infanzia. Ho sempre sentito vantarti del tuo successo con le donne, mi sbaglio?».

«Be' modestamente...»

«Ma dimmi Andrea, è sempre stato così?»

«Mica tanto...»

«Ecco, è questo il punto, cerca di capire qual era il segreto del tuo insuccesso.»

«Chiamalo segreto, da ragazzino prendevo certe legnate...»

«Lo chiamo segreto perché è quella la parte di te che tieni nascosta e che dovrai recuperare. Com'eri, ti ricordi? Eri timido o sfrontato come ora? Ingenuo o scaltro e calcolatore? Eri te stesso, o avevi bisogno ogni volta di diventare ciò che una donna voleva che fossi? Cerca di ricordare quali sono stati gli incontri più importanti della tua vita. Di analizzare i tuoi primi rapporti con le donne, perché sono quelli che ti hanno segnato. Avrai avuto anche tu degli amori, il tuo cuore avrà battuto per qualche ragazzina, no? Ci saranno state donne più significative di altre. E il sesso, che pare essere così importante per te, lo è sempre stato? Cerca di ricordare anche i minimi particolari, le sfumature, perché spesso sono le sfumature che fanno la differenza. Rivelando, a te stesso prima di tutto, il segreto che un tempo fu la ragione del tuo insuccesso, e che ti costrinse a modificare la tua natura, capirai, o forse guarirai, e sarà molto più semplice di quanto tu creda.»

«Vabbe' Maestro ho capito, cosa dici, rientriamo? Incomincia a far freddo.»

«D'accordo, rientriamo, ma tu farai quello che ti chiedo?»

«E tu mi insegnerai il reiki? Ti ricordi che me lo avevi promesso?»

«Certo che mi ricordo, ma ti devi ambientare ancora un po'. Inizieremo tra qualche giorno, ma solo se farai quello che ti ho chiesto perché le due cose sono inscindibili. Allora, lo farai?»

«Mah, non so. Intanto inizio col ricordare, poi per meditare vedremo. Davvero Maestro, se potessi meditare da un'altra parte, ma venire quassù tutti i giorni... vabbe' che andiamo verso la bella stagione...»

«Questo posto è Atman, l'anima del mondo, tutto qui ti sarà più facile, è attraverso il respiro del cratere che sentirai il soffio dello Spirito Sottile... (basta che non sia un'eruzione, ho pensato)... ed è in cima a questo monte che vagano le anime degli antenati. Saranno quelle anime ad aiutarti a scoprire il tuo spirito mistico.»

«Sì, vabbe', ma allora scusa, qui ci saranno le anime dei *tuoi* antenati, mica dei *miei*. Mio nonno era di Sampierdarena, non credo che la sua anima sia venuta a vagare sul monte Fuji, no? Se devo farmi aiutare dall'anima di mio nonno allora tanto vale che me ne vada a meditare sul Righi, a Genova, oppure direttamente al cimitero di Staglieno...»

«Andrea, non discutere. So quel che dico: o qui o niente» mi ha interrotto con una perentorietà che non ammetteva repliche.

«Ok ok, non ti arrabbiare, come non detto, però semmai inizio a meditare la prossima settimana, va bene? Oggi che giorno è? Uhm vediamo, sono stato dimesso lunedì, quindi lunedì, martedì, mercoledì... Oggi è mercoledì, facciamo così, a meditare inizio lunedì prossimo, che ho ancora le gambe dure.»

# 水曜日の夜、私の部屋で、ろうそくを灯して

ovvero

*Mercoledì sera, a lume di candela, nella mia stanzetta...*

Ho pensato che il miglior modo di ricordare è scrivere, e così proverò a raccontare, come mi ha suggerito il Maestro, una per una tutte le tappe fondamentali della mia formazione: dai primi palpiti amorosi fino alla donna che mi fece uomo, la conturbante Nina, l'integerrima caposala del mio reparto di ortopedia. E andrò oltre, ma tranne qualche breve doverosa incursione, non mi soffermerò sulle avventure di una notte, perché quelle in fondo sono state tutte uguali, ma racconterò le poche storie relativamente durevoli della mia vita, quella con Giovanna, la super sportiva, con cui in gioventù resistetti otto mesi, e quella con Alice, la casalinga modello, con la quale convissi per quasi un anno. Storie delle quali non ho mai parlato a nessuno, e che dimostrano come anch'io, in fondo, ci abbia provato, ma come il desiderio di libertà e questo demone che mi tormenta non mi abbiano mai consentito di fermarmi.

Come certo si può ben immaginare non divenni Andrea Zanardi per grazia ricevuta, ma la mia competenza e la mia abilità nell'affascinare le donne furono il frutto sudato di una lunga gavetta. I miei primi passi nelle oscure e spesso inaccessibili foreste della psiche femminile, come del resto quelli di ogni uomo, furono frustranti e faticosi. La timidezza, l'i-

44

nesperienza, l'ingenuità, la spontaneità giocarono brutti tiri all'Andrea Zanardi bambino e poi ragazzino. Fin dalla prima adolescenza, vuoi per il naturale sviluppo ormonale, vuoi per una certa predisposizione genetica – fu mio padre a coniare la celebre frase: «Ogni uomo è cacciatore, magari non spara ma la mira la prende lo stesso» – le donne e il sesso furono al centro dei miei pensieri, ma non fu per niente facile far sì che i pensieri si trasformassero in azioni (a meno che per azioni non si intenda masturb-azioni). Furono anni di appostamenti e di approcci maldestri. Di sguardi obliqui o penetranti. Furono anni di domande idiote o mutismi assoluti. Furono anni di brutte figure, di situazioni imbarazzanti, di metaforiche ma dolorosissime bastonate. Ecco sì, soprattutto furono anni di durissime legnate che però contribuirono a fortificare lo spirito e ad affinare la tecnica fino a farmi diventare l'uomo che sono, odiato o amato fin che si vuole, ma un uomo che magari per un giorno o una notte soltanto sa come rendere felice una donna (e se stesso).

# Michela, Federica e Loredana

## *I miei primi tredici anni*

Mi fidanzai per la prima volta quando avevo sei anni, il primo giorno di scuola, a ricreazione.

«Ciao bambina, io mi chiamo Andrea, tu come ti chiami?»

«Michela.»

«Vuoi essere la mia fidanzata?» Michela ci pensò su, giusto qualche secondo mentre mangiava una merendina, mi squadrò dalla testa ai piedi e poi mi rispose di sì.

«Bene» dissi compiaciuto. Non ci rivolgemmo più la parola per tre mesi, poi un giorno, mentre scrivevo, "TANTI" in stampatello, prima parola di una frase che la maestra, in occasione dell'approssimarsi delle feste di Natale, ci aveva obbligato a ricopiare dalla lavagna per poi corredare il tutto con disegnini a piacere, Michela si avvicinò al mio banco e dopo avermi mostrato il suo foglio dove aveva già scritto: "TANTI AUGURI DI BUON NATALE ALLA MAMMA E AL PAPÀ – *Michela*" e fatto anche i disegnini, mi disse: «Da oggi non sono più la tua fidanzata, mi piace un altro».

47

Io tirai su un attimo la testa dal compito, la guardai incredulo e poi le risposi: «Ah».

Non ci rivolgemmo più la parola per altri tre mesi (quasi il tempo che mi ci volle per scrivere "TANTI AUGURI DI BUON NATALE ALLA MAMMA E AL PAPÀ – *Andrea*" e fare anche i disegnini), fino a quando lei venne da me e mi comunicò con un tono piuttosto brusco che ci aveva ripensato. Troppo tardi eh eh, io mi ero già rifidanzato.

«Andrea, se vuoi sono di nuovo la tua fidanzata, altrimenti è lo stesso» mi disse mentre si infilava le dita nel naso.

«Mi dispiace ma mi sono fidanzato con un'altra» le risposi secco.

«Con chi?»

«Con Federica.»

«Ma se Federica mi ha detto che glielo hai chiesto un mese fa e lei ti ha detto di no.»

«Come di no? Io avevo capito di sì.»

Avevo capito male io o era stata Federica a fare in modo che capissi male? Chissà. Ecco una sfumatura che fa la differenza.

Dopo questa tormentata storia d'amore e fino ai dodici anni, nel pieno rispetto fisiologico del naturale periodo di latenza sessuale, persi interesse per il magico mondo femminile. Mi dilettavo con le figurine dei calciatori, giocavo a pallone, andavo in bicicletta, cadevo dalla bicicletta, guardavo quei rari cartoni animati che trasmettevano alla televisione, mi picchiavo quotidianamente con altri maschi, leggevo fumetti. La mia vita scorreva placida come i fiumi che sono soliti osservare i monaci zen. Forse in quel periodo, effettivamente, un po' spirituale lo ero. Ho fatto il chierichetto, per esempio, e poi mi sono iscritto ai Lupetti, ma soprattutto ho seguito per benino tutto il catechismo. Ero bravo, sapevo quasi tutte le preghiere a memoria. Ricordo che alla fine dell'anno avevo la media del sei pieno. O meglio, tra il cinque e il sei in "Preghiera" e sei abbondante, quasi sette, in "Segno della croce". Don Giuseppe ci interrogava proprio, tu andavi alla cattedra e recitavi la preghiera che voleva lui o certe volte anche una a piacere (tranne l'*Eterno riposo* perché era troppo breve) e poi ti metteva il voto sul registro, oppure, se magari ti beccava che stavi giocando a pallone o a figurine all'oratorio annesso alla chiesa, ti faceva interrompere la partita e ti chiedeva di fare il segno della croce e guardava se eri ben compenetrato nel ruolo e se facevi tutte le mosse giuste. Tipo inginocchiamento, giunzione delle mani, sguardo rapito verso il cielo. Io in segno della croce ero bravissimo, creativo perfino, la mia specialità era chiudere gli occhi sull'Amen finale, restare un po' in assorto silenzio con le mani giunte davanti alla bocca e poi mandare un bacio al cielo. Lo facevo tutte le volte fino a quando un giorno, mentre ero con gli occhi chiusi in assorto silenzio, mi hanno fregato Cuccureddu. In preghiere invece zoppicavo un po'.

Il sesso entrò prepotentemente nella mia vita agli inizi della terza media grazie a quel meraviglioso dono della natura che è la "polluzione notturna". Questa novità provocò in me una sorta di piacevole turbamento e soprattutto il risveglio dei miei istinti sessuali, anche perché, puntualmente, le polluzioni notturne si accompagnavano ad improbabili sogni erotici i cui protagonisti, oltre naturalmente a un etereo me stesso, erano i personaggi di Topolino. Quella che più di tutti turbava i miei sonni era la moglie di Lampo, un personaggio minore che vendeva torte ai lamponi girando con un camion tipo quelli che si vedono fuori dagli stadi. Una femmina a tinte forti, con un seno prorompente e due labbra a cuore, rosse come le torte che vendeva. Una Jessica Rabbit ante litteram, più anziana e molto meno umana (probabilmente un topo antropomorfo) ma con la stessa esplosiva carica erotica.

A poco a poco, però, scoprendo che in giro c'era di meglio per eccitarsi, incominciai a interessarmi ossessivamente a tutto ciò che aveva un po' più d'attinenza di Topolino col sesso. Dall'enciclopedia medica, nella quale, in tempi di magra, andavo a cercare figure e disegni, passando a riviste tipo «Le Ore», che mi vendeva a prezzi da usuraio un mio amichetto di otto anni che abitava di fronte a me, e che li rubava a suo padre.

In quel periodo si raccontavano leggende a proposito di una quarantenne perversa del mio quartiere che era stata riconosciuta da qualcuno, non si sapeva chi, in una di quelle foto con la striscia nera sulla faccia che le casalinghe erano solite mandare alle «Ore» e che, si diceva, amava sollazzarsi con gli adolescenti. Non seppi mai precisamente chi fosse, né dove abitasse esattamente, né se esistesse davvero. Nonostante questo, dal giorno in cui, grazie alla pia-

cevolissima e sconvolgente scoperta della masturba-
zione, le polluzioni notturne si fecero più rare, quella figura virtuale restò al centro dei miei pensieri per
almeno un anno. D'altra parte ogni sguardo, anche
il più innocente, che una donna mi rivolgeva era uno
spunto irresistibile per chiudermi in bagno e uscirne
tramortito. Sognavo le più torbide avventure con
donne sposate. La moglie del macellaio, la mia insegnante di inglese alle medie, una che passava col cane sotto casa, erano tutte, nel mio immaginario,
ninfomani assatanate.

A quei tempi la ninfomane era una chimera, un
mito, l'Ultima Thule del sesso. Essere adescati da una
ninfomane significava il massimo d'ogni possibile desiderio sessuale. Ma era la mia vicina di casa, un para-
carro di cinquant'anni, quella che più di tutte solleti-
cava la mia fantasia, e il giorno che in ascensore mi
fece ganascino e mi disse: «Come ti sei fatto carino
Andrea» su quel buffetto ci lavorai sei mesi.

Poi ce n'era un'altra, che nelle mie fantasie erotiche prese il posto della ninfomane virtuale, era più
vecchia (ma anch'io ero più grande, in quel periodo
facevo già la prima liceo), credo avesse almeno cinquant'anni, ma non posso dirlo con certezza perché
la vedevo solo da lontano. Era una che abitava al pe-
nultimo piano di un palazzone proprio di fronte al
posto dove, in quel periodo, ci riunivamo in compagnia, dalle due di pomeriggio in poi. Quando c'eravamo tutti lei usciva a pulire il poggiolo, e così noi,
dal basso, le guardavamo le cosce. Lei lo sapeva, anche perché noi facevamo un tale casino che si girava-
no tutti tranne lei, ma lo faceva apposta per quello.

C'era gente che veniva munita di binocoli, e mio cugino una volta si era portato pure il telescopio del padre. Col telescopio, un Antares molto maneggevole con montatura equatoriale e lente acromatica antiriflesso, ideale per l'inseguimento dei "corpi celesti" grazie a due comode manopole flessibili che comandavano i movimenti micrometrici, si vedeva bene solo che, non essendo dotato di raddrizzatore, le immagini erano a rovescio. Poi, una sera, esagerammo, e lei da quella volta non uscì più. Era l'inizio di novembre, e le giornate erano corte, così alle sei era già buio e non riuscivamo a vedere bene, allora tirammo su una vespetta, come in impennata ma ferma, e la illuminammo col faro tipo occhio di bue, e quando lei, spaventata, rientrò, ci mettemmo tutti a far la ola e a urlare: «Fuori fuori fuori...». Come quando si chiede il bis a un concerto.

Occorre dire che anche io, come tutti gli uomini, dovetti subire l'onta dell'età. C'è un periodo, infatti, nella vita di ogni uomo in cui non hai mai l'età giusta. Le tue coetanee non ti considerano perché sognano quelli che hanno qualche anno in più, quelle più giovani sono troppo giovani e dunque sono, tranne rari e fortuiti casi, in pieno periodo di latenza sessuale, quelle più grandi sono inaccessibili come una zona militare. In realtà c'era una certa Loredana di quindici anni che era molto disponibile, ma era disponibile solo con i due ripetenti della mia classe, Pasquale Tarallo e Pino Nicotra, e con me, che non ero mai stato bocciato, non era affatto disponibile. Questa Loredana aveva finito la terza media l'anno prima ed era in classe con i due ripetenti che ora erano in classe con me, così, all'una, quasi tutti i giorni, li veniva ad aspettare all'uscita e poi si infilavano in un portone dove pare succedessero cose turche.

Un giorno vinsi la mia timidezza e diedi duemila lire e un «Le Ore» ai ripetenti perché mi portassero con loro. I due stavano sempre insieme, facevano coppia fissa. Uno era pugliese e l'altro siciliano. Non erano prepotenti, si facevano i fatti loro, completamente avulsi dal resto della classe, però era meglio non disturbarli né chiedergli favori senza un compenso.

«Ok, vieni, ma vedrai che con te non ci sta, sei troppo piccolo» mi disse Pino Nicotra.

«Vabbe', non si sa mai, magari se le dite che poi le offro un taglio di pizza la convincete» risposi io.

«Non credo, comunque tu prima caccia il grano, ma fai parlare noi, intesi? E ti avviso che se dice di no sono cazzi tuoi, i soldi non te li ridiamo, ok?»

«Ok.»

All'uscita come al solito Loredana li stava aspettando. Appena si avviarono verso il portone chiese subito:

«E questo chi è?».

«Niente» disse Pasquale Tarallo, «si chiama Zanardi, è un nostro compagno di classe, devo dargli una cosa quando arrivo a casa, mi accompagna un pezzo.» Lei fece: «Ah» ma si vedeva che non se l'era bevuta.

Camminammo tutti e quattro insieme fino al portone che di solito utilizzavano per imboscarsi, parlando del più e del meno, cioè, loro parlavano e io stavo zitto, seguivo da dietro.

Appena arrivati davanti al portone Pino Nicotra entrò a controllare se era libero, perché ogni tanto a quell'ora era occupato e allora bisognava aspettare. Col chiaro, nei dintorni, quello era l'unico portone adatto, buio come l'antro di una caverna, e con un bel sottoscala nero nero; oltretutto, se si era fortunati, ci poteva essere anche la porta delle cantine aperta. Infatti talvolta succedeva che il sottoscala fosse occupato ma che la porta della cantina fosse aperta, così non si doveva aspettare e si era anche più sicuri. Mentre Pino Nicotra controllava, Pasquale Tarallo chiese a Loredana:

«Senti, Lori, potresti *fare qualcosa* anche con Andrea? Fagli dare anche solo una toccatina alle tette che per lui va bene. Ha detto che poi, dopo, ci paga un taglio di pizza a testa».

Veramente ho detto solo a lei, pensai, comunque vabbe', per mettere le mani su un paio di tette questo e altro.

E lei:

«Da chi mi dovrei far toccare le tette scusa?».

«Da Andrea.»

«E chi cazzo è Andrea?»

«È lui, Andrea Zanardi, te l'ho presentato prima» disse Pasquale Tarallo indicandomi.

«Ma stai scherzando? Chissenefrega della pizza. Ma quanti anni ha? Non ci penso nemmeno, è troppo piccolo, io coi piccoli non ci vado, piuttosto che farmi toccare le tette da lui preferisco farmi strappare un'unghia!»

Era andata giù pesante la ragazza, ma si capiva che aveva detto così anche perché era stata messa in mezzo.

Allora io, meticolosetto, le dissi:

«E due?».

«E due cosa?» mi chiese lei.

«No, voglio dire, se ti dicessero che se non ti fai toccare le tette da me ti strappano *due* unghie, allora forse...»

«Ma cosa sei, scemo? Ma sparisci va, deficiente.»

Me ne andai, perfino un po' contento, in fondo non mi aveva risposto. Chissà, magari tra farsi strappare *due* unghie o farsi toccare le tette da me avrebbe preferito farsi toccare le tette. Era già qualcosa. Un'altra sfumatura che avrebbe fatto la differenza.

# La ragazza con l'apparecchio

## *Il mio primo bacio*

Il primo bacio vero lo diedi a quattordici anni. Fu un delirio. Un mio compagno di classe che baciava già da sei mesi mi aveva assicurato che la parte di sotto della lingua era la più buona, quindi, nel tentativo di dare un bacio indimenticabile schiacciai la mia lingua sotto a quella di lei inchiodandola sul suo palato molle. Ci staccammo dopo dieci minuti di bacio appassionato, con la ragazza in piena crisi respiratoria e io con la lingua sanguinante per via dell'apparecchio che la poveretta portava sull'arcata mandibolare superiore (tra l'altro un apparecchio difettoso che aveva un pericolosissimo spunzone di fil di ferro in agguato dietro a un incisivo).

Era il periodo delle vasche. I maschi trascorrevano interminabili pomeriggi camminando avanti e indietro, cercando disperatamente di conoscere le ragazze che a gruppi di due o tre passeggiavano per la via.

Di solito si vedevano due ragazze attorniate da sette otto maschi. I più grandi – di sedici e diciassette anni – stavano al fianco delle ragazze e parlavano, poi c'erano i quindicenni che stavano al fianco dei più grandi e sentivano ma ogni tanto parlavano anche loro, e per ultimo c'ero io e altri due o tre di quattordici anni come me che seguivamo da dietro. Muti. O facendo scherzi. Comunque anche seguire da dietro era già una bella soddisfazione: eri nel gruppo, negli spazi larghi ti potevi mettere vicino ai quindicenni e se qualcuno andava via prima potevi scalare di un posto e stare vicino a un sedicenne che stava vicino a un diciassettenne che stava vicino alla "donna".

Sfortunatamente, però, quasi sempre le ragazze erano tutte *prese*, specialmente quando arrivavo tardi, perché, magari, dovevo fare i compiti. Così spesso vascheggiavo da solo o con altri maschi sperando che prima o poi qualche gruppetto di donne si liberasse. Ma era difficile, se un gruppo di maschi concorrenti agganciava qualche femmina, difficilmente se ne staccava, e il più delle volte erano le ragazze ad andare a casa per prime.

Quando conobbi la ragazza con l'apparecchio erano le due del pomeriggio e stavo vascheggiando già da mezz'ora in perfetta solitudine.

Loro arrivarono da dietro, erano in tre, le vidi con la coda dell'occhio. Le conoscevo, avevamo già fatto delle vasche insieme, ma loro, ovviamente, non mi avevano notato, visto che in due occasioni stavo dietro, e solo una volta ero riuscito a stare vicino a un sedicenne che era vicino a un diciassettenne che era vicino al più cesso delle tre.

Camminando come un bradipo mi feci raggiungere e poi superare. Per un po' le seguii senza parlare, poi mi feci coraggio e le affiancai.

«Ciao, mi chiamo Andrea, facciamo una vasca assieme?» ricordo di aver pigolato.

«No» mi rispose, gelida come una lama di Toledo, la più bella e antipatica delle tre.

Una era davvero un cofano, secca, alta, con gli occhiali, sudata e con una montagna di capelli crespi, sembrava i Cugini di campagna. Un'altra (la ragazza con l'apparecchio) era passabile, quella che mi aveva risposto invece era proprio bella, una delle più conosciute e corteggiate vascheggiatrici del quartiere.

Le ragazze accelerarono il passo distaccandomi di due lunghezze, ma una, quella con l'apparecchio, si girò, mi fece un mezzo sorriso (solo mezzo, forse per non far vedere l'apparecchio) e poi un'espressione come a dire: è lei che non vuole vascheggiare, mi dispiace.

Quello sguardo e quel sorriso mi folgorarono. Mi fermai, eccitato, mi appoggiai ad una colonna dei portici sotto i quali si vascheggiava, mi accesi una Pack e aspettai.

A quei tempi fumavo le Pack, atroci sigarette al mentolo, quelle dove sul pacchetto verdolino c'era disegnato un orso bianco tra i ghiacci, ma poi, quando sentii dire che facevano diventare impotenti, prima passai alle MS pacchetto morbido, poi alle Marlboro pacchetto duro poi, per fare lo strano, alle Lucky Strike pacchetto morbido poi, per fare ancora più lo strano, per un mese mi feci le sigarette da solo, infine passai alle Camel, sigarette che fumo ancora adesso però nella versione light. S'invecchia.

Una volta fumavo di più, e se voglio mi so trattenere, fino a non fumare per niente. Dipende se fumare fa gioco oppure no, perché le sigarette sono un'arma a doppio taglio: ci sono donne che se fumi te le puoi scordare, dicono che non hai carattere, oppure sono salutiste convinte che non starebbero mai con un uomo che fuma anche per via del fumo passivo. Oltretutto fumare è anche passato di moda, credo. Due anni fa m'è capitata una... L'ho conosciuta a Palazzo Ducale durante una mostra di pittori fiamminghi, io me ne stavo davanti a un quadro su cui mi ero preparato bene, l'unico, perché in questi casi basta essere informati su uno, e quando passava di lì qualcuna che si fermava a guardare il *mio* quadro, la stupivo con qualche osservazione originale. Questa era una tipa snob, intellettuale, sofisticata e salottiera.

Era estate, faceva caldo, c'era un gabibbo in canottiera e braghe corte (uno di fuori, probabilmente, che era già stato all'acquario perché indossava un cappello a visiera con una foca che, se tiravi la cordicella – e lui la tirava in continuazione – batteva le pinne, e che era lì con la moglie e la suocera e i figli che si rincorrevano nella pinacoteca incuranti del fatto che la madre gridasse: «Non rincorretevi che siamo in una *paninoteca*» – giuro che diceva paninoteca) che aveva pensato bene di accendersi una sigaretta. Io, che ero già appostato da tre ore senza battere chiodo (avevo sbagliato quadro, il *mio* non piaceva), pensai immediatamente: «Se fuma lui fumo anch'io... vedo cosa succede e se non succede niente mi accendo una sigaretta». Il povero gabibbo, però, non fece neppure in tempo a tirare due boccate che uno dall'altra parte dello stanzone incominciò a tossire tipo tubercolotico grave e a muovere le braccia davanti alla faccia come per mandare via il fumo, così il custode alzò la testa dal giornale che stava leggendo, vide il gabibbo che fumava e, arrabbiatissimo, gli fece spegnere la sigaretta. Il gabibbo si scusò dicendo che non s'era accorto che lì non si poteva fumare! Ma intanto, con la scusa di scusarsi, si fece altri due tiri, beato lui, e poi altri due mentre cercava un posto dove spegnerla.

La snob scuoteva la testa sdegnata e anch'io scuotevo la testa sdegnato, così, nello sdegno, ci conoscemmo. Quando uscimmo, la invitai al bar a bere qualcosa, e lei, commentando l'episodio, mi chiese: «Tu fumi Andrea?» e io, che avevo già capito dal suo tono che, in ogni caso, c'era qualcosa che non andava nelle sigarette, le risposi: «No, una volta, ma ormai non più» e lei allora: «Meno male perché fumare è diventata una cosa così da muratori... o da extracomunitari, hai visto quello, cosa volevi che fosse? ...Un muratore, tutt'al più si può ancora fumare il sigaro, cubano, ovviamente, perché toscano è da contadini».

Poi, quando la portai a casa mia e vide un pacchetto di Marlboro sul tavolino del salotto, le indicò e chiese sospettosa: «E quelle?».

«Ah, no! Quelle se l'è dimenticate l'imbianchino senegalese che mi sta facendo dei lavori.»

«Hai visto» mi disse, «cosa ti dicevo? Che tra l'altro le Marlboro sono le sigarette più da muratori di tutte.»

«Mai fumato Marlboro in vita mia, nemmeno quando fumavo» le risposi baciandola e sperando che l'alito non sapesse di fumo.

Ma sto divagando.

Quando tornarono indietro, le tre tipe erano ancora sole, incrociai di nuovo lo sguardo di quella con l'apparecchio, lei mi sorrise ancora, ma sempre a denti stretti (forse per non farsene accorgere dalla sua amica bella e antipatica o più probabilmente perché io non mi accorgessi dell'apparecchio), io risposi a quel sorriso con uno sguardo penetrante, mi avvicinai e le chiesi:

«Facciamo una vasca insieme?».

«Se vuoi» mi rispose lei impettita, ma si vedeva che faceva la scena. Guardai la bella e antipatica che non disse nulla e continuò a parlare fitto fitto con l'altra, il cesso. È possibile che avessero discusso tra loro e la ragazza con l'apparecchio avesse convinto le altre a vascheggiare con me.

Iniziammo a passeggiare in silenzio.

La bella e antipatica non mi guardava nemmeno, sembrava anche piuttosto nervosa.

«Ehi, ma cos'ha la tua amica, ce l'ha con me?» chiesi allora alla ragazza con l'apparecchio, soprattutto per dire qualcosa visto che erano già passati tre minuti e né io né lei avevamo ancora aperto bocca.

«Ma no, s'è lasciata col ragazzo proprio ieri, non c'è problema.» Nel rispondermi fece un sorriso un po' più ampio e così notai l'apparecchio, e la cosa... come dire, non mi fece fare i salti di gioia.

«Vuoi una sigaretta?» le dissi, ora che avevo rotto il ghiaccio.

«No grazie, ho le mie.»

Tirò fuori dalla borsetta una Muratti, pacchetto duro, da dieci. A quei tempi, due ragazze su tre fumavano Muratti, pacchetto duro, da dieci. Poi molte passarono alle Kim, molte altre alle canne, e sei o sette che conoscevo – tra cui la bella e antipatica – anche alle pere.

Le feci subito accendere, non senza qualche difficoltà. Fumammo per tutta la vasca senza parlare. La bella e antipatica intanto sbuffava.

In ogni caso, quel giorno ero al top, un ragazzo da solo con tre donne non si era mai visto. Il massimo sarebbe stato stare in mezzo a due, magari a braccetto, ma già così era un bel colpo.

Infatti, durò poco. Quando finalmente stavo per articolare un discorso compiuto, un gruppetto di sette ragazzi ci affiancò. Le conoscevano. Due si misero, spingendosi, al fianco di quella bella e antipatica, due, spingendosi anche loro, in mezzo, tra il cesso e la mia, e gli altri tre dietro a fare scherzi, tipo lo sgambetto o tirare in testa palline di carta, a me, naturalmente, ma io facevo finta di niente. Mi dicevano Zanardi-i, e poi mi tiravano uno scappellotto. Era un pegno che si doveva pagare, altri prima di me lo avevano pagato, bisognava accettare.

Ora era la ragazza con l'apparecchio che sbuffava. All'inizio pensavo che fosse per causa mia, poi invece mi disse:

«Senti, Andrea, questi qui mi sono troppo antipatici, ti va se vascheggiamo per conto nostro?».

Iniziammo a vascheggiare da soli senza nessuno dietro, parlando del più e del meno. Del meno soprattutto, visto che non sapevo assolutamente cosa dire, avevo solo un gran mal di testa a causa di tutti quegli scappellotti.

Nei giorni seguenti vascheggiammo sempre insieme, a braccetto, da soli. Dare braccetto, secondo le usanze dei vascheggiatori, era il primo passo verso il fidanzamento, infatti, dopo tre giorni di braccetto con una mossa astuta le presi la mano e non gliela lasciai più per tutto il pomeriggio.

Le dissi: «Ma cos'hai lì, sulla mano?». «Dove?» rispose lei mostrandomela. «Ma lì, sul dorso, fammi vedere.» Le presi la mano, feci finta di guardare il dorso più da vicino e poi le dissi che mi ero sbagliato, ma intanto aveva la sua mano nella mia, e chi gliela mollava più? Gliela tenevo così stretta che a un certo momento a causa del sudore dovuto all'avvinghiamento e all'agitazione quasi quasi la sua mano mi sfuggiva di mano, appunto. Ci eravamo fidanzati.

La tappa successiva, quella che avrebbe suggellato il fidanzamento, sarebbe stato il bacio, ma non mi decidevo, non sapevo come fare a passare dal classico bacio sulla guancia nel momento dei saluti a quello vero. Perdevo sempre l'attimo, un classico (non per niente ci hanno intitolato anche un film).

Il bacio, quello così doloroso, glielo diedi l'ultimo giorno che ci vedemmo, dopo la ragazza con l'apparecchio sarebbe sparita per sempre dalla mia vita. Era il 30 giugno. Il giorno successivo, finiti gli esami di terza media, sarebbe partita con i genitori per andare ad Alberobello, in Puglia, il suo paese d'origine, dove aveva tutti i parenti e possedeva un trullo.

Eravamo seduti su una panchina ai giardinetti. Fumavamo. A un certo punto lei se ne uscì dicendo:

«Andrea, ma tu hai mai limonato?».

«Io limonato? E lo credo eh! Per chi mi hai preso, per uno che a quattordici anni e mezzo non ha mai limonato?»

«E con chi?»

«Con due, ma non le conosci, due grandi, una di quindici anni di Vigevano, e un'altra di sedici, sempre di Vigevano.»

«Come mai di Vigevano, sei stato a Vigevano?»

«No.»

«E allora?»

«Boh, erano due di Vigevano, ma le ho conosciute ai baracconi... sugli autoscontri... l'estate scorsa... in campagna.» Non sapevo più cosa dire, avevo tirato fuori questa storia inutile di Vigevano e mi stavo incartando. Per fortuna che alla ragazza con l'apparecchio interessava altro.

«Io non ho mai limonato sai?»

«Nooo!»

«No, com'è?»

«E be' è difficile da spiegare, perché dipende anche da come metti la lingua, vuoi provare?» Ero agitato come se avessi dovuto andare dal dentista, e infatti era un po' come se mi apprestassi a farlo visto che lei aveva l'apparecchio.

«Mi piacerebbe, solo che ho un po' vergogna, sai per via dell'apparecchio, non me lo posso togliere.»

«Cosa c'entra l'apparecchio, una di quelle di Vigevano ce l'aveva anche lei, e mi è piaciuto un sacco, più che con l'altra. Anzi, io preferisco baciare quelle con l'apparecchio.» Ero disposto a tutto pur di cacciare la mia lingua in una bocca umana che appartenesse al genere femminile.

«Veramente non ti dà fastidio?»

«Se ti dico che preferisco.»

«Allora dài, limoniamo, insegnami.»

«Va bene. Senti, preferisci che entro io o che entri tu?»

«Cioè?»

«Niente, lasciamo perdere, ci penso io, tu apri la bocca e basta, entro io.»

All'inizio entrambi tenemmo solo la bocca aperta, tipo respirazione bocca a bocca o quei pesci che nei documentari sembrano baciarsi, poi timidamente mi avventurai cercando di infilare la mia lingua sotto la sua, come mi aveva spiegato il mio compagno di classe, ma a parte una strana sensazione di viscido, non provavo granché. Alla fine lasciai perdere la teoria e partii con un turbinio vertiginoso. Ricordo che lei teneva la sua lingua immobile come paralizzata dal botulino e io a ogni "giro" strisciavo contro lo spunzone di fil di ferro iniziando subito a sanguinare.

Durante quel mio primo bacio appassionato, nonostante il dolore derivante dallo spunzone di ferro di quello stramaledetto apparecchio difettoso, feci un timido tentativo di toccarle le tette, ma primo, "quella con l'apparecchio" aveva l'apparecchio ma non aveva praticamente tette, e secondo, appena le sfiorai il petto mi disse: «No, leva subito la mano che non voglio» che non sarebbe stata neppure una cosa strana, se non che lo disse continuando a baciarmi.

Le uscì una voce cavernosa, una sorta di voce al rallentatore: «Naao leaovao soubitooo lao manaou cao naaonn voglioau». Io non capii un accidente e le chiesi, sempre baciandola: «Cosaou?». E allora lei mi storse il braccio, naturalmente sempre continuando a baciarmi, e me lo rigirò dietro la schiena. Insomma, oltre alla lingua tumefatta, con quel bacio mi ero procurato anche una mezza lussazione.

Quello fu il primo bacio e anche l'ultimo che diedi alla ragazza con l'apparecchio. Una settimana dopo, ricevetti una cartolina da Alberobello nella quale c'era scritto: *Caro Andrea, non vedo l'ora di vederti. Il tuo bacio è stato indimenticabbile. Sono andata dal dentista, mi a detto che ha setembre quando torno devo metermi l'aparrechio anche di sotto, sei contento?*

Oh! come no? contentissimo, pensai controllandomi minuziosamente davanti allo specchio la lingua che ancora portava i segni di quel bacio.

Ora quei segni non ci sono più e di lei mi è rimasta soltanto una foto che le ho scattato io, è un primo piano, ha una specie di bandana in testa, è girata di tre quarti e mi guarda, illuminata da un raggio di sole. La sua bocca si apre in un lieve sorriso, quasi triste, e dalla fessura delle sue labbra appena dischiuse si intravede il fil di ferro dell'apparecchio.

La ragazza con l'apparecchio di ferro non tornò più. Il padre, maresciallo dei carabinieri, aveva chiesto e ottenuto il trasferimento ad Alberobello, e sapendo che la figlia si sarebbe ribellata non le aveva detto niente, lei pensava che sarebbe partita per la solita noiosissima vacanza di un mese dai parenti del padre e invece... Me lo scrisse un mese dopo in una lettera disperata e confusa.

Chissà cosa fa ora nella vita, dove vive, se ha ancora l'apparecchio.

# Monica

## *La mia prima fidanzata*

La mia prima vera fidanzata si chiamava Monica, aveva quindici anni come me, era una bella biondina con le trecce e due grandi e innocenti occhioni azzurri. Questo mio primo fidanzamento coincise con due eventi fondamentali nel mio percorso formativo: da una parte provai il primo vero innamoramento adolescenziale, dall'altra, per restare in ambito squisitamente sessuale, toccai le mie prime tette, come dire... dal vivo. Ma fu anche la mia prima cocente delusione.

Monica era una brava ragazza, una ex Coccinella ora divenuta Guida. Il padre era un assessore democristiano e la madre una volontaria dell'AVO. Era una di quelle ragazze secche ma che a quindici anni hanno già la quinta misura. Ricordo che suonava la chitarra in chiesa e anche *La canzone del sole* quando eravamo tutti insieme al campeggio. Anche io, dopo essere stato Lupetto, ero diventato uno Scout soprattutto nella speranza di fidanzarmi con qualche Guida, come in effetti avvenne. La nostra storia durò sei mesi, dai quattordici anni e mezzo ai quindici. Sei mesi di lotte furibonde. Niente, nessuna concessione sessuale degna di questo nome. Solo un pesante palpeggiamento in sei mesi. A quei tempi, sembrava che per una ragazza farsi toccare le tette, o qualsiasi altra cosa, fosse soltanto un piacere che lei faceva a te, come se quelle tette fossero state di un'altra. Monica era giovane, e quindi era comprensibile una certa resistenza, ma lei era davvero morigerata. Ci baciavamo, questo sì, ma anche per quello c'era da lottare.

«Limoniamo?» le chiedevo ogni volta che eravamo soli.

«Non mi va, ora» rispondeva immancabilmente lei.

«E quando ti va?»

«Non lo so, più tardi forse.»

Passavamo interi pomeriggi mano nella mano a passeggiare, con me che ogni due minuti le chiedevo limoniamo? e lei che mi rispondeva non mi va ora.

Per il resto, muti.

Ogni bacio che mi dava era una concessione. E anche quando ci baciavamo, stava rigida come un palo con le braccia congelate lungo i fianchi. Apriva la bocca a fessura e teneva anche lei la lingua immobile (ma meno rigida della ragazza con l'apparecchio) e in posizione di difesa. Inoltre, forse per l'agitazione, aveva una bocca asciutta come un rubinetto di Agrigento. A me pareva di baciare un cadavere all'obitorio. Dopo un minuto lei mi spingeva via e mi diceva ora basta.

Le provai tutte: al cinema, nei prati della periferia, ai giardinetti, al luna park nel castello delle streghe, alle feste mentre si ballavano i lenti. Niente. Uno o due baci la settimana e stop.

Poi, un giorno, accadde che la sua migliore amica, che era vergine anche lei, fece l'amore con un Rover, un tipo grande e grosso di vent'anni, forte come un mulo. Un prepotente, uno che faceva il Rover solo per portarsi a letto le Guide (e anche qualche Coccinella). Tra l'altro, bisogna ammettere, pure con un certo successo, perché anche le Guide sono donne e come tutte le donne sentono irresistibile il fascino del capo. Il Rover in questione era un viscido che faceva il serio con le Guide, quello innamorato, e poi andava a raccontare per filo e per segno a noi Scout (ma anche ai Lupetti) tutto quello che combinava (poco in verità, ma lui esagerava), contando sulla notoria riservatezza dei Lupetti e anche sul fatto che se avessimo parlato ci avrebbe riempiti di botte.

Quel giorno anche io feci il gioco sporco grazie al quale mi guadagnai quel famoso palpeggiamento. Come al solito, un pomeriggio, stavo insistendo con Monica per baciarla, e lei come al solito me lo faceva cadere dall'alto, quel bacio. Così, dopo averci provato in tutti i modi, non ce la feci più e le dissi:

«Ma lo sai almeno che la tua cara amichetta Silvia ha fatto l'amore con Bagheera?» (lui, il Rover, era Bagheera, in quella cosa demenziale dei Lupetti che ogni capo si fa chiamare come un personaggio del *Libro della giungla*).

«Non è vero, chi te lo ha detto?»

«Bagheera.»

«Non ci credo.»

«Ma glielo hai chiesto a Silvia?»

«No, ma me lo avrebbe detto.»

«Magari non te lo ha detto perché si vergogna, ma dille pure che te l'ho detto io che me lo ha detto Bagheera.» Che sia quel che sia, pensai, il fine giustifica i mezzi.

«Va bene, glielo chiedo, ma guarda che se non è vero tu e Bagheera...»

«Ok, se non è vero per i prossimi due mesi limoniamo solo se me lo chiedi tu (cioè mai), ma se è vero facciamo l'amore anche noi, ti va bene?»

«Ma sei matto? Non ci penso nemmeno, la prima volta che faccio l'amore voglio che sia tutto bellissimo.»

«Perché con me non può essere tutto bellissimo, scusa? Grazie eh!»

«Ma no che c'entra, voglio essere innamorata.»

«Perché di me non sei innamorata?»

«No, ti voglio bene un casino, ma non sono innamorata... almeno non credo.»

«Guarda che se mi vuoi bene... ehm... un casino, basta già.»

«No, non basta.»

«Vabbe', allora facciamo così: tu lo chiedi a Silvia e se è vero, almeno, oltre a limonare ti fai toccare le tette e magari anche qualcosina in più, d'accordo?»

Lei ci pensò un po' su e poi, considerando quasi impossibile l'eventualità che Silvia avesse fatto davvero l'amore con Bagheera, accettò l'offerta. Due mesi senza che io la tormentassi per baciarla era un'occasione troppo ghiotta per farsela scappare, valeva la pena rischiare.

«Va bene, ciao, ci vediamo domani» disse.

«Ok, comunque il patto inizia solo dopo che hai parlato con Silvia... limoniamo?»

«Non mi va, ora.»

«E quando cazzo ti va che siamo davanti al tuo portone e fra un minuto vai a casa?»

«Non dire parolacce che lo sai che mi danno fastidio, comunque domani. Se è vero quello che mi hai detto domani ci baciamo e poi per il resto vediamo, anzi domani no che devo studiare. Domenica, al cinema, se ci andiamo.»

«Allora senti, ho un'idea: se è vero, dato che domenica pomeriggio ho la casa libera per tutto il pomeriggio vieni da me. D'accordo?»

«D'accordo, tanto so già che non è vero.»

Il sabato non la vidi. Alla riunione degli Scout presi da parte Bagheera e gli chiesi:

«Dài Bagheera, non raccontare palle, non ci credo che ti sei scopato Silvia».

«Se ti dico che me la sono scopata me la sono scopata.»

«Mah, non so, mi sembra strano.»

«Allora fai così, se non ci credi, cosa fai domenica?»

«Andrò al cinema con Monica credo.»

«Stammi a sentire, lascia perdere il cinema che semmai ci vai al secondo spettacolo. Lo sai dove abito no? Domenica pomeriggio ho la casa libera, Silvia alle due viene da me. Tu vieni prima, ti nascondi in dispensa e poi, senza che ti fai vedere, guardi, che così c'hai da farti seghe per due anni buoni. C'è ancora un posto, ci sono già sei Lupetti, praticamente tutta la squadriglia dei Pezzati, con te siete in sette, di più no, perché la dispensa è piccola e poi se no fate casino, basta che cacci il grano, sono due sacchi, anzi per te, visto che quella volta mi hai prestato la casa e che ti ho combinato quel mezzo casino facciamo solo un pasquale...»

Breve digressione: non gli avevo prestato la casa, una volta gli avevo confidato che il sabato successivo avrei avuto la casa libera perché i miei andavano via tutto il giorno e che avevo cercato in tutti i modi di convincere Monica a venire da me ma che non c'era stato niente da fare. Stop. Lui si era presentato a casa mia alle due con una e si era fiondato nella mia stanza. Il mezzo casino a cui si riferiva invece me lo aveva combinato perché poi, improvvisamente, i miei erano arrivati prima. Per fortuna, però, avevano citofonato, così io ero entrato in camera e li avevo infilati tutti e due nell'armadio, nudi, e i loro vestiti li avevo cacciati sotto il letto appena in tempo per piazzarmi davanti alla mia scrivania e far finta di studiare. Quando mia mamma era entrata era tutto sotto controllo e forse l'avremmo anche scampata (anche perché di lì a poco i miei sarebbero usciti di nuovo), solo che quello stronzo non aveva resistito e dopo un po' si era messo a trombarsela anche dentro l'armadio che si muoveva come un poltergeist. Il resto lo si può immaginare.

«... Vedrai che sono ben spesi, altro che andare al cinema.»

«Eh, magari, mi piacerebbe, ma domenica non posso... ormai gliel'ho promesso» gli risposi gongolante pensando al "film" che mi aspettava.

Poi, mentre me ne stavo andando, Bagheera mi chiamò e mi disse: «Ehi, Zanardi, non glielo avrai mica detto a Monica per caso? Silvia non vuole che si sappia in giro».

Feci cenno di no con la testa e gli risposi: «Tranquillo».

Era vero, se Bagheera invitava i Pezzati a vedere non ci potevano essere dubbi, pensai. Infatti, pare che Silvia per un po' con Monica avesse negato ma poi le avesse confessato tutto. Piangendo. Anche se, mi hanno poi riferito i Pezzati che sono andati a vedere, in quel momento non piangeva affatto, anzi mugolava mentre Bagheera gliene diceva di tutti i colori, anche per farsi sentire da loro, credo.

Così la domenica pomeriggio alle due Monica era nella tana del lupo, anzi no, del Lupetto. E lì iniziò una lotta senza quartiere.

Il fatto è che Monica ed io avevamo due visioni totalmente diverse sul significato del «qualcosina in più». Per lei si trattava di baciarsi senza limiti di tempo con la concessione di qualche palpeggiamento sopra i vestiti, ed eccezionalmente anche sotto, ma solo dall'ombelico in su; per me invece significava infilare le mani dovunque e anche, se possibile, ma non ci speravo, che lei toccasse me, anzi *lui*, se non da dentro, almeno da fuori.

All'inizio esagerai. Mi aprii la patta dei pantaloni e le afferrai saldamente la mano, tanto che lei ignara gemette: «Ahi, mi stai storcendo il braccio, fai piano, che modo è di accarezzarmi la mano!» cercando di portargliela lì. Naturalmente, appena Monica intuì qualcosa iniziò a fare resistenza, sembrava un tiro alla fune. Ma alla fine la mia forza prevalse e quando Monica toccò quella *cosa rigida* realizzò subito che non poteva trattarsi, data l'ubicazione e il calore che emanava, della sponda di ottone del letto, e allora si mise ad urlare.

«Stai zitta, cosa urli che ci sentono i vicini!»

«Non ci provare mai più! Intesi? e mettiti dentro quell'*affare* immediatamente.»

«Va bene calmati, parliamone.»

Iniziammo un'estenuante trattativa. Prima cercai di convincerla in tutti i modi a eseguire l'operazione completa, poi abbassai le pretese.

«Facciamo così» le dissi, «vai su e giù con la mano sei volte, poi la pianti lì e semmai continuo da solo.»

«Che squallore. Non ci penso nemmeno.»

«Oh chissà che squallore!»

«È squallidissimo.»

«Vabbè, è squallido, hai ragione, scusa» le dissi cercando di imboccare un'altra strada, «non continuo da solo, tu vai su e giù sei volte e poi vediamo cosa succede, chissà magari...»

«Non succede niente perché non mi va.»

«Ok, cinque volte.»

«No.»

«Quattro volte?»

«Nooo.»

«Due? Due volte e non se ne parla più, qua la mano, anzi lì la mano, eh eh» dissi provando anche quella della battuta sdrammatizzante.

«Ti ho detto di no!»

«Una volta, dài su, una volta, vai su e giù una volta sola, cosa ti costa?»

«Mi costa, manco una volta.»

«E allora toccamelo, almeno un attimo, tanto per provare l'ebbrezza, una toccatina e basta, dài.»

«Te l'ho già toccato, l'ebbrezza l'hai già provata.»

«Ma cosa c'entra, che modo è di toccarlo? Col pugno chiuso... sai che ebbrezza, la prossima volta prendilo a calci!... E se mi metto il preservativo?» (Avevo comprato, anche per fare delle prove di srotolamento, una confezione da sei di Hatù, quelli prima maniera, spessi come il copertone di un camion che quando te li mettevi avevi la stessa sensibilità che con su un tubo di ghisa, e che ti lasciavano le mani unte come se avessi cambiato il carburatore alla Vespa).

«Ma sei impazzito? Mi fa ancora più schifo.»

«Schifo?... Come schifo?»

«Schifo!»

«E se ti do i guanti per lavare i piatti di mia mamma? (Pensai che in fondo sarebbe stato come se il preservativo se lo fosse messo lei, tanto erano spessi uguale). Coi guanti non ti può fare schifo, non te ne accorgi nemmeno, fai conto di lavare una pentola, cos'è, ti fa schifo anche lavare le pentole ora?»

«Nessun guanto e se non la smetti me ne vado.»

«Ok ok. Va bene. Allora almeno ti faccio qualcosa io.»

«No, cioè sì, se vuoi facciamo qualcosa, va bene, ma come dico io.»

«E come dici tu, fammi capire?»

«Ci baciamo, anche sul letto se vuoi, e ci tocchiamo un po', ma non lì sotto.»

«Va bene, come vuoi tu, però ti fai spogliare dalla vita in su.»

«Ok, ma guarda che il reggiseno non me lo tolgo.»

Insomma, non andammo oltre a un pesante palpeggiamento, ma almeno quel giorno sfiorai le mie prime tette "dal vivo".

Dopo quella indimenticabile domenica pomeriggio non ci furono altre occasioni, io non ebbi più la casa libera e per strada lei non voleva, solo qualche lieve toccatina esterna al cinema; in ogni modo da quel giorno Monica era diventata più sciolta e anche i baci erano migliorati parecchio: apriva di più la bocca, muoveva un po' la lingua, ci metteva un po' di saliva. Ero contento. Mi tolsi la voglia dei baci. Sperimentavo. Lingua molla, lingua dura, lingua a turbina. Occhi chiusi, occhi aperti, uno aperto e uno chiuso e poi cambiavo.

Iniziarono le vacanze estive, c'era il campeggio misto. Dal primo al quindici luglio. Io quell'anno fui rimandato in quattro materie e così dovetti rimanere tutta l'estate a studiare e non ci andai. Poco male, quei campeggi erano una gran rottura di palle e ti facevano lavorare più che se fossi stato quindici giorni in miniera.

Quando finì il campeggio Monica partì subito, lo stesso giorno, per andare a Cesenatico con i suoi e così non feci neppure in tempo a vederla. Vidi Bagheera, però.

«Ehi Andrea ti devo parlare.»

«Che c'è?» Questo fatto che Bagheera mi avesse chiamato Andrea invece di pivez, come era solito chiamarmi, mi preoccupò.

«Te lo dico perché sono un uomo onesto.»

«Cosa?»

«Al campeggio mi sono messo con Monica, così lo sai.»

«Ma come *messo* con Monica?»

«Mi sono fidanzato con lei, è andata così, nessuno ci può fare niente, mi dispiace.»

«Ah.»

Me ne andai col capo chino.

Lui mi chiamò e mi guardò sorridendo.

Scherza, pensai. E invece no, non scherzava, anzi.

«Cazzo come scopa, mai trovata una così, sangue caliente!»

«Cosaaa? Te la sei scopata?»

«Certo, il primo giorno.»

«Ma se era vergine!»

«E be', cosa vuol dire? Non aspettava altro, mi ha fatto di tutto, anche a te immagino? L'hai svezzata bene eh, bastardone.»

«Insomma, diciamo di sì.»

«Oh, mai vista una così. Che rimanga tra noi, ma a me, specialmente se una mi prende, sarò troppo romantico non lo so, ma quando scopo mi piace parlare...»

«Tipo che le dici amore ti amo, queste cose qui?»

«No, tipo troia bagascia te lo sbatto nel culo eccetera eccetera (Data la mia ingenuità di allora per un attimo pensai che le dicesse proprio "te lo sbatto nel culo eccetera eccetera"), ma non avevo mai trovato una che mi rispondesse per le rime, cazzo! Si dà delle botte da troia da sola da far paura... anche con te le piaceva parlare?»

«Be', effettivamente per parlare parlava...»

«Ma dì un po', come mai non te la sei scopata?»

«Mah, così, mi dispiaceva.»

Per me quello fu un colpo durissimo, la mia prima (e unica) grande delusione d'amore, sì d'amore! Perché, lo confesso, avevo una mezza cotta per Monica. Provavo per lei il tipico innamoramento adolescenziale fatto di gran batticuori, di passeggiate mano nella mano, di telefonate nascoste o bruscamente interrotte dal padre di lei, l'assessore democristiano. La tempesta ormonale dentro la quale navigavo faceva sì che fossi piuttosto insistente nel richiederle concessioni di tipo sessuale, ma pur nella mia sacrosanta insistenza mai, dico mai, le avevo mancato di rispetto.

Ma il colpo più duro lo dovetti subire il giorno in cui rividi Monica, dopo l'estate.

Ci incontrammo per caso, alla fermata del 17 barrato. Lei era cambiata. Una donna. Era diventata una donna. Aveva sciolto le trecce bionde e i suoi dolcissimi occhi azzurri avevano perso la loro innocenza per lasciar posto a uno sguardo sicuro, sprezzante, ma triste.

Incominciammo a parlare del più e del meno, poi mi feci forza e le chiesi:

«Monica, ma perché?».

«Perché cosa?» mi rispose lei facendo finta di non capire ma tradendo un lieve sussulto.

«Perché ti sei messa con Bagheera, perché ci sei andata a letto? E noi? Ti rendi conto come ci sono stato male, stavamo bene insieme no? Mi avevi detto che mi volevi bene un... ehm... casino (non riuscivo mai a dire "bene un casino", mi suonava male) e io ti ho sempre rispettato, ma ti ricordi le biciclette abbandonate sopra il prato e noi... e l'eco dei tuoi no? Dov'è finita la tua innocenza? E il tuo sguardo? È cambiato. No, Monica io non conosco quello sguardo sicuro che hai... una donna, sei diventata una donna, Monica.»

«Ma cosa cazzo dici, mi canti *La canzone del sole*?» mi rispose con un tono duro come il suo cuore di pietra.

Io non raccolsi e continuai, questa volta (quasi) con parole mie.

«Io ti volevo bene, mi batteva il cuore ogni volta che ti vedevo e tu... e tu sei stata bella senz'anima. Ma come? Con me fai la santerellina e poi quindici giorni dopo vai a letto con uno stronzo bastardo che lo sanno tutti come tratta le donne. Scommetto che ti picchia pure.»

Questa ultima frase la dissi così, tanto per dire, e invece colpì nel segno perché Monica dopo qualche vano tentativo di trattenersi scoppiò a piangere.

«Ti picchia? No, non dirmi che ti picchia veramente quello stronzo» e nel dirlo le porsi un fazzoletto.

Monica prese il fazzoletto, si asciugò le lacrime, si soffiò il naso e me lo restituì sporco di muco, e poi si sfogò, finalmente si sfogò.

«È che io non volevo» disse singhiozzando a più non posso, «mi ha presa con la forza, in tenda, mentre i Lupetti erano a "caccia" con Baloo.»

«Vabbe' non ti avrà mica violentata? Dimmelo se ti ha violentata perché se no io...»

«No, proprio violentata no...»

81

*Ah ecco,* pensai.

«... però io non volevo, ti giuro Andrea che non volevo...»

*Sì però alla fine hai voluto, anzi all'inizio, visto che ti sei fatta scopare il primo giorno.*

«... però poi sai com'è...»

*No, grazie a te che con me non ci sei stata, non so com'è, vaffanculo.*

«... lui è un uomo... io ero una bambina, e poi Silvia aveva già fatto l'amore...»

*Sì ma aveva già fatto l'amore anche quando non volevi neanche farti toccare le tette da me.*

«... è andata così, è stato un momento di debolezza, io la prima volta l'amore l'avrei voluto fare con te Andrea, te lo giuro...»

*Sì però l'hai fatto con lui.*

«... sognavo che la mia prima volta fosse diversa... dolce... con un ragazzo della mia età e invece...» disse sempre singhiozzando.

«Vabbe' sei ancora in tempo, cioè voglio dire... stai sempre con Bagheera?»

Monica fece cenno di sì con la testa, piangendo.

«E ti tratta male? Ti picchia?»

Non rispose, singhiozzò ancora più forte, io mi avvicinai e la cinsi in un abbraccio dolce e protettivo.

«Ha anche un'altra» disse ancora Monica con gli occhi gonfi di lacrime (e forse col senno di poi, gli occhi li aveva gonfi anche per le scoppole che le tirava Bagheera).

«Oh poverina... e perché non lo lasci scusa?» le chiesi intravedendo possibilità insperate fino a due minuti prima.

Lei non rispose. Io allora le presi la testa tra le mani come avevo visto fare in un film, la guardai penetrante e glielo chiesi un'altra volta.

«Perché non lo lasci?»

Lei tirò su col naso, si asciugò le lacrime col dorso della mano – perché io mi guardai bene dal darle un'altra volta il fazzoletto – e disse:

«Perché lo amo».

In quel momento arrivò l'autobus.

«Ciao Andrea, devo andare. Però vediamoci, rimaniamo amici, davvero, vuoi diventare mio amico? Avrei tanto bisogno di parlare con un vero amico ogni tanto.»

Io feci cenno di sì e pigolai: «Ok, amici». Lei sorrise, mi diede un bacio sulla guancia e scappò via. Restai lì per un lunghissimo interminabile secondo con la testa affollata da mille pensieri, ma poi, proprio mentre Monica stava salendo sull'ultimo gradino delle scalette dell'autobus, e prima che le porte si chiudessero suggellando così la nostra amicizia, in un rigurgito di dignità le dissi, anzi le gridai:

«Ehi, Monica!».

Lei si voltò mi sorrise e mi disse: «Sì, Andrea, dimmi».

«Ma quando ti tromba lo chiami Bagheera?»

Lei non capì e disse: «Cosa? Parla più forte!».

E allora io rincarai la dose gridando: «Mi ha detto Bagheera che quando trombate gli dici sbattimelo nel culo Bagheera».

Il sorriso si spense sulle labbra di Monica, le porte del 17 barrato si chiusero e la nostra breve amicizia finì lì.

Mentre aspettavo il mio autobus, che come al solito non arrivava, pensai che forse avevo sbagliato a dirle così, che se davvero fossi diventato suo amico forse *nell'amicizia* prima o poi me la sarei scopata.

# Mistero

## *La prima volta che ho fatto colpo su una ragazza*

Poco dopo aver compiuto quindici anni feci davvero colpo su una ragazza. Intendo dire al primo incontro. Provai per la prima volta la stupenda sensazione di avere la consapevolezza di affascinare una donna, di osservare i suoi sguardi interessati su di me. Purtroppo finì male, ma non fu colpa mia.

Era il tempo delle mele e anche io incominciavo a frequentare le discoteche, il sabato pomeriggio. Due in particolare, una da poveri, che si chiamava il Berimbao, e l'altra, quella dei ricchi, che si chiamava la Bomba, che poi chiuse perché una bomba ce la misero veramente.

Si fa per dire "frequentare", alla Bomba quell'anno ci andai una volta soltanto, l'unica che riuscii a entrare.

Ora è bene che si sappia che ero inspiegabilmente antipatico al buttafuori. Entravano cani e porci e io no. Arrivavo davanti alla Bomba, anche vestito bene, e il buttafuori mi diceva: «Tu no».

«Scusa, perché?»

«Perché sei senza donna.»

«Vabbe', per una volta.»

«Nemmeno per una volta, qui senza donna entrano solo quelli conosciuti.»

«Certo che non sono conosciuto, vengo qua tutti i sabati e tu non mi fai mai entrare.»

«Allora si vede che mi stai sul cazzo.»

«Ma cosa ti ho fatto?.»

«Niente, mi potrai stare sul cazzo?»

E intanto gli altri entravano.

«Ma scusa, perché a quelli lì li fai entrare, sono senza donne anche loro...»

«Aria, aria, sparisci se no ti gonfio.»

Sempre così. Per molti anni, per colpa di quel buttafuori, mi rimase la paranoia che non mi facessero entrare nelle discoteche, ogni volta che ero in coda avevo il terrore che quello all'ingresso mi dicesse: «Tu no».

Il giorno che, invece, riuscii ad entrare era carnevale. Mi travestii da donna, ma non da uomo che si vede che è vestito da donna, da donna normale, così il buttafuori mi scambiò per una ragazza che entrava da sola e che non si era mascherata e mi fece passare. Mi guardò un po' perplesso ma non mi riconobbe, e quando ero già alla cassa che pagavo il biglietto – tra l'altro quello scontato per le ragazze – lo sentii che diceva a un suo amico:

«Ammazza che cesso, cos'è, hanno aperto lo zoo?».

«Ha due belle tette però.» Gli rispose l'amico.

«Ma che cazzo dici? È uno scaldabagno con le zeppe ai piedi e con due tette che sembrano tre, fosse per me un cesso così non lo farei nemmeno entrare che ci sputtana il locale, anzi... Ehi tu.»

Non mi voltai, feci finta di non sentire, sgattaiolai via.

Finalmente ero dentro. Il sogno si era avverato. Tutte le ragazze bene della città erano lì davanti a me, disponibili.

Andai subito ai gabinetti (delle donne) a togliermi la gonna e vestirmi con i jeans che avevo nascosto sotto la maglietta e che, prendendo due piccioni con una fava, mi disegnavano quel seno imbarazzante. Mi struccai, lasciando però un filo di rimmel intorno agli occhi, e tornai in pista. Le zeppe non me le tolsi. Alzavano. E poi i jeans erano così scampanati che non si vedeva che avevo le zeppe da donna.

Mi appoggiai al bancone del bar e incominciai a puntare la selvaggina.

Me ne stavo lì, silenzioso e in posa, come smarrito nei miei pensieri, a guardare distrattamente le ragazze ballare, fumando una sigaretta dietro l'altra e ammorbando l'aria di fumo mentolato. Non parlavo con nessuno, qualche grugnito, qualche sorriso ironico tra me e me, qualche sguardo truce lanciato nel vuoto. Pur nella mia giovane età, ero già istintivamente consapevole che l'interesse che si suscita in una donna è direttamente proporzionale all'indifferenza con cui la si tratta, dunque mostravo indifferenza assoluta. Puntavo, non puntando, soprattutto una ragazza grossolanamente mascherata da battona, una che ballava bene, brutta di faccia ma bella di corpo. Un classico a quei tempi, una da cuscino in faccia.

A un certo punto, proprio lei, che aveva notato che *non* la guardavo, si avvicinò e mi disse:

«Ciao, come mai non ti sei mascherato?».

«Non mi andava» le risposi accendendomi una Pack.

«Neanche a me.»

«?»

«Come ti chiami?» mi chiese.

«Andrea e tu?»

«Mistero» rispose, non so perché, poi mi strappò la sigaretta dalle mani e tirò una boccata.

Tossì, fece una faccia nauseata e disse:

«Ma che schifezze di sigarette fumi?».

E allora io, intuendo al volo che la ragazza ne sarebbe rimasta irresistibilmente affascinata, assunsi un'espressione da cospiratore e le risposi:

«Non sono proprio sigarette».

«Nooo? E cosa sono?» chiese trepida.

«Droga, anche di quella piuttosto pesante» risposi serissimo.

«Droga?» mi disse lei, «ecco perché mi sento un po' stordita.» La ragazza naturalmente era stordita di suo, anche senza droga.

Insomma, per farla breve, incominciai a tirarmela da tossico, le descrissi fin nei minimi dettagli che effetto facevano i vari tipi di droga e soprattutto quella contenuta nelle Pack.

La ragazza mi guardava ammirata, come di solito le donne guardano gli uomini belli e dannati. Ero al top, in piena recita, neppure Mick Jagger ai tempi d'oro avrebbe potuto suscitare tanto fascino sulla tipa. Poi lei volle fare un altro tiro, ma uno soltanto perché le girava la testa, anzi mi disse di aver avuto anche delle allucinazioni, tipo quella che le sembrava che io avessi addosso un paio di zeppe da donna. Tutto filava liscio. Quella era una che ci stava, me lo sentivo.

Purtroppo, mentre le raccontavo dei vari effetti delle droghe, il barman origliava di nascosto e così dopo nemmeno dieci minuti, proprio quando le stavo descrivendo le sensazioni che ti dava l'eroina masticata, mi piombò addosso il tizio dell'ingresso, chiamato probabilmente dal barman.

«Ehi tu, che cazzo ci fai qua? Come cazzo sei entrato?»

Non gli risposi, feci finta di niente, continuai a parlare con la ragazza.

Allora il buttafuori mi afferrò per un braccio e mi portò via, facendomi anche male.

«Fuori di qui, non ne vogliamo di tossici in questo locale, avevo visto giusto con te.»

Mi trascinò fuori e mi urlò dietro di non farmi più vedere che se no avrebbe chiamato la polizia.

Non mi persi d'animo, io una così, che ci stava, non l'avrei mollata per tutto l'oro del mondo. Entrai in un bar lì vicino, mi ritravestii da donna e rientrai. Quello all'ingresso non mi riconobbe, cioè, mi riconobbe ma credette che fossi la stessa ragazza di prima.

«Ero già dentro» gli dissi languida facendogli vedere il biglietto, «sono uscita un attimo a prendere un po' d'aria, fa un caldo...» e mi feci aria con la mano cercando di assumere una posa più sexy possibile.

«Stammi bene a sentire, com'è che ti chiami tu?»

«Mistero» pigolai, pensando di fare la strana come la tipa che avevo appena abbordato.

«Misterooo? Il mistero è come cazzo fai a essere così un cesso e a non avere vergogna a girare per strada. Ok, ormai sei entrata e va bene, però è l'ultima volta, non ti ci voglio qua, siamo intesi?»

«Perché?»

«Così.»

«Come così?»

«Mi stai sul cazzo, ok?»

«Ma cosa ti ho fatto?»

«Niente, mi potrai stare sul cazzo?»

Gli stavo sul cazzo sia come uomo sia come donna, chissà perché.

Una volta dentro mi precipitai in bagno per struccarmi e smascherarmi un'altra volta, e lì accadde l'imponderabile: chiusi a chiave la porta e la serratura si bloccò, così non riuscii più a uscire. Preso dal panico, iniziai ad urlare come un pazzo finché finalmente qualcuno se ne accorse. Mi liberarono, usando la fiamma ossidrica, dopo tre ore di duro lavoro, quando ormai la discoteca era chiusa. Fu il buttafuori a liberarmi. Quando mi vide, (nel frattempo mi ero di nuovo struccato), mi disse solo, anzi mi urlò: «TUUU?». E poi mi cacciò di nuovo fuori dal locale dopo avermi prima rifilato due sberle e un bel pestone.

Mentre tornavo a casa, zoppicante e tumefatto, ero fuori di me, non tanto per le botte che avevo preso ma perché per colpa del buttafuori mi ero giocato per sempre quella procace figliola che amava vestirsi in quel modo così eccitante. E quando l'avrei rivista più? Non sapevo come si chiamava (perché non credo che si chiamasse Mistero), non sapevo dove abitava, non ero riuscito a farmi dare il numero di telefono e alla Bomba non avrei potuto più rimettere piede almeno fino al carnevale successivo. La settimana dopo, "qualcuno" da una Vespa lanciò una bomba alla Bomba. Era soltanto una bombetta incendiaria, solo che incendiò le tende dell'ingresso e poi tutto il locale.

Sei mesi dopo incontrai per caso la ragazza vestita da battona. Non era più vestita da battona, aveva indosso una maglietta tutta sporca e dei jeans sdruciti. Stava ferma in piedi in mezzo al marciapiede con gli occhi semichiusi e ciondolava. Sembrava che dovesse cadere da un momento all'altro ma non cadeva mai. Si grattava il naso. Fumava Pack. Era passata direttamente dal tempo delle mele a quello delle pere. Come facciano i tossici a non cadere quando sono fatti da quel giorno per me resta ancora un "mistero".

# L'anoressica

*La prima (e ultima) volta che
ho provato col sesso a pagamento*

Verso i sedici anni incominciai a frequentare davvero l'ambiente della prostituzione. "Frequentare" veramente è un termine improprio. Mi aggiravo, cercando di farmi notare il meno possibile, per i vicoli dell'angiporto lanciando sguardi obliqui alle passeggiatrici pomeridiane che stazionavano davanti ai loro "bassi". Se vedevo la luce accesa sulla porta di qualcuna che m'interessava, aspettavo nascosto dietro un angolo che sbolognasse il cliente di turno (intanto c'era sempre poco da aspettare), e poi, quando la tipa usciva, e si ripiazzava davanti al basso, facevo finta di passarle davanti proprio in quel momento. Ma se per caso mi agganciava, non rispondevo. Scappavo via.

La mia passione era una calabrese di sessant'anni, che portava minigonne tattiche che lasciavano intravedere un reggicalze nero. Era alta un metro e cinquanta e aveva due palle al posto delle gambe, calze a rete regolarmente smagliate, zeppe ai piedi identiche a quelle che indossavo io alla festa di carnevale, si truccava con i pennarelli e al posto dei capelli aveva dello zucchero filato, ma a me piaceva.

Non aveva il pied-à-terre, era troppo povera, portava i rari clienti in albergo.

Un pomeriggio, alle due, di un torrido 14 agosto, mi feci coraggio e le rivolsi per la prima volta la parola:

«Scusi signora, lei è una prostituta?» le chiesi con un filo di voce e in piena tachicardia.

Lei mi guardò male ma poi mi fece cenno di sì con la testa.

«Ehm... mi sa mica dire quanto vuole?»

«Certo che te lo so dire! Non faccio altro nella vita, ma prima dimmi tu quanti anni hai» ribatté lei seccamente.

«Sedici.»

«Sparisci.»

«Perché scusi, non le piaccio?»

«Ma che cazzo dici? Dove vivi? Sei minorenne, mi legano, devi dare i documenti a quello dell'albergo, non ci dà la stanza neppure se piangi perché altrimenti legano anche lui, fatti vedere tra due anni.»

Erano altri tempi. Fare la prostituta era un lavoro serio.

Ci tornai l'anno dopo, invece, il giorno del mio diciassettesimo compleanno, con in tasca la vecchia tessera del Gruppo Sportivo di Pasquale Tarallo, il ripetente di terza media. L'avevo trovata quello stesso anno in fondo all'armadietto della palestra. Il primo istinto era stato quello di ridargliela, anche per farmi bello, ma poi l'avevo tenuta, avevo messo la mia foto al posto della sua e la usavo per andare a vedere i film vietati ai quattordici.

Pasquale Tarallo compiva diciotto anni il 14 agosto del 1980 e io il 14 agosto del 1980, sempre alle due, tornai dalla calabrese con la tessera di Pasquale Tarallo in tasca, ma la calabrese non c'era più, era morta. Di vecchiaia forse.

Ormai però avevo deciso che volevo perdere la verginità, così rivolsi le mie attenzioni a un'altra, l'unica che c'era. Una spilungona, allampanata, ai limiti dell'anoressia.

«Scusi signora, quanto vuole?» le chiesi con un filo di voce e in piena tachicardia.

«Quanti anni hai?» ribatté lei seccamente.

«Diciotto.»

«Ummh... siamo sicuri? Ce l'hai un documento?»

«Sì, ce l'ho.»

«Fammi vedere, che ho già avuto dei problemi.»

Le mostrai titubante la tessera del Gruppo Sportivo.

«Che cazzo di documento è questo, non va bene! È anche scaduto. Non ce l'hai la carta d'identità?»

«Ehm, no, ma questo va bene, tranquilla, è la tessera del Gruppo Sportivo, te la rilasciano a scuola... ci puoi anche espatriare... credo.»

L'anoressica fece una smorfia poco convinta e poi controllò i documenti come un vigile potrebbe controllare la patente dopo che hai fatto sette infrazioni una dopo l'altra, tanto che temetti mi volesse dare una multa.

«Ti chiami Pasquale?»

«Sì.»

«E oggi compi diciotto anni?»

«Esatto, festeggio.»

«Mah... non è che sia tanto convinta comunque vabbe'...» disse dubbiosa mentre mi riconsegnava la tessera del Gruppo Sportivo. Vedrai che ora mi dice vada pure, pensai. Invece disse:

«Allora sono diecimila più tremila per la camera».

«Camera? Quale camera?»

«La camera d'albergo deficiente, dove vuoi farlo, per strada? Non mi dirai che hai la macchina?»

«No, sono in Vespa.»

«E vuoi scopare in Vespa?»

«No, in camera, ma pensavo che fosse compreso nel prezzo.»

«Sì, compreso nel prezzo, non sono mica un menù turistico, dài, andiamo che mi stai facendo perdere anche troppo tempo e ho i minuti contati.»

Avevo giusto tredicimila e duecento lire, sapevo che l'anoressica probabilmente ne avrebbe volute dieci, perché quelli erano i prezzi, e con le tremila e duecento dovevo fare almeno un po' di miscela alla Vespa e comprarmi le MS da dieci perché sognavo di fumarmi una sigaretta, dopo. Non ne avevo più, avevo finito un pacchetto nuovo mentre aspettavo nervoso di decidermi ad agganciarla. Per terra, vicino a me, c'erano solo cicche tipo il mafioso prima di fare una strage.

Ci dirigemmo verso uno dei tanti alberghi fatiscenti dei dintorni. Anche lei era sprovvista di pied-à-terre, e portava i clienti in una pensione a una stella della zona. Avevo osservato i movimenti. Ora che il momento fatale si avvicinava ero terrorizzato. Forse a causa del meticoloso controllo dei documenti di prima o per il fatto che l'aspetto fisico della signora era disarmante, tutti i miei impulsi sessuali erano come svaniti nel nulla per lasciare spazio a una vaga sensazione d'ansia e a un senso di smarrimento. La seguivo, due passi indietro, chiedendomi quello che si chiese Chatwin in Patagonia: che ci faccio io qui? solo che non ero in Patagonia ma in via Prè, la via più malfamata della città, e seguivo una prostituta affamata. Mi sentivo come quando la professoressa chiamava il mio nome per interrogarmi, e io mi alzavo dal banco e, sapendo di non sapere, mi avviavo mestamente alla cattedra. Non era lo stato d'animo ideale per affrontare il mio primo rapporto sessuale.

L'albergo si chiamava Pensione Prè. Sopra la porta c'era un vecchia insegna di plastica ingiallita, sul campanello, attaccato con lo scotch, un biglietto con su scritto: «Non funziona bussare».

L'anoressica aveva le chiavi. Ci dirigemmo verso la reception, che in pratica era una sedia dietro a un tavolino di fòrmica. Sopra il tavolo troneggiava un portacenere pieno di cicche. Non c'era nessuno. L'anoressica diede due o tre colpi vigorosi sul tavolo con la mano aperta, e dopo qualche secondo di insofferente attesa urlò: «Uei Pina, dove cazzo sei che c'ho un cliente?».

Da una stanza, da cui usciva un intenso odore di soffritto, si udì una voce di appartenenza sessuale indefinibile: «Bēlin, arrivo, e cosa tei nasciua au primmo dō? Ûn pö de paziensa, cassu!». Traduzione: "Belin, arrivo! E cosa sei... nata al primo dolore? Un po' di pazienza cazzo!".

Ancora qualche secondo e comparve una tipa identica a Maga Magò. Stesso fisico della calabrese ma ancora più rotonda sul davanti, baffi di peluria grigia, una nuvola di capelli crespi tinti di nero catrame con cinque centimetri di ricrescita bianca, sigaretta all'angolo della bocca con cenere che sfidava la forza di gravità, grembiule sporco di sugo. Appena mi vide, pulendosi le mani sul grembiule e tenendo sempre la sigaretta sull'angolo della bocca, disse: «E questo chi o ciammi cliente! A mi me pa ûn sciacchælo. Ehi, balletta, tia fêua i dinæ e i papē, e fanni fîto che me se brûxa o soffrïto». Traduzione: "E questo qui lo chiami cliente? A me pare uno *schiacchælo*[1]. Ehi, balletta, tira fuori i soldi e i documenti e sbrigati che mi brucia il soffritto".

La guardavo imbambolato, ipnotizzato dalla sigaretta che ondeggiava e dalla cenere che non cadeva. Non sapevo più chi ero, dov'ero e perché ero lì, mi pareva d'essere dentro un acquario.

«Sveglia!» mi urlò in un orecchio l'anoressica.

Ebbi un sussulto, ritornai in me e porsi a Maga Magò il documento che tenevo ancora in mano. Lei tirò una boccata, e poi spense la sigaretta nel portacenere, ma nel gesto le cadde la cenere sul tavolo. Disse «Fanculo» si chinò un po' e la soffiò via, per terra. Dopo il soffio, forse per lo sforzo, iniziò a tossire. Quando cessò l'attacco, mi strappò la tessera del Gruppo Sportivo dalle mani, la osservò allontanandola un po' e stringendo gli occhi come per mettere a fuoco e disse: «Che cassu de papē o l'è questo chi,

---

[1] La parola "schiacchælo", in genovese ortodosso significa "balzano", in realtà, nella sua accezione più moderna, la si usa – anche quando si parla in dialetto – per indicare un individuo "da poco", o imbranato, o sfigato, anche se l'esatta sfumatura del significato è difficilmente traducibile.

non va ben, non ti ghe a carta d'identitæ?».» Traduzione: "Che cazzo di documento è 'sto qua? Non va bene, non ce l'hai la carta d'identità?".

«No ghe l'ò, me despiäxe» le risposi anch'io in genovese, per darmi un tono.

«Stamme ben a sentii tie» disse allora Maga Magò rivolgendosi all'anoressica mentre le consegnava le chiavi della stanza, «questa chi a l'è l'urtima vòtta, l'ätro giorno ti me portòu ûn cõ o papë do CAI. Ti o sè che vëi ghea i carabinë? Ti vêu che me fan serrâ? Chi un giorno scì e l'ätro pù fan ûnna arrestâ.» Traduzione: "Stammi bene a sentire tu, questa è l'ultima volta, l'altro giorno mi hai portato uno con la tessera del CAI. Lo sai che ieri c'erano i carabinieri? Vuoi che mi facciano chiudere? Qui un giorno sì e l'altro anche fanno una retata".

Pagai le tremila lire della camera pensando che di lì a poco avrebbero fatto una retata, mi avrebbero arrestato, avrebbero chiamato i miei genitori (o quelli di Pasquale Tarallo) in questura e infine, il giorno dopo, la notizia sarebbe uscita sul Secolo. La vaga sensazione d'ansia che avevo prima si stava trasformando in un attacco di panico.

A quei tempi, era buona norma che le prostitute lavassero per bene le vergogne dei clienti, vuoi per una questione igienica, vuoi per solleticarne gli istinti. Ebbene, mentre la signora eseguiva l'operazione di lavaggio, devo dire anche piuttosto bruscamente, provavo la stessa eccitazione di quando mia mamma a sei anni mi lavava il pisello, solo che allora piangevo, quel giorno, invece, avrei voluto piangere ma mi trattenevo.

Dopo aver intascato i soldi, l'anoressica si tolse in fretta gonna e collant e si sdraiò sul letto tirandosi un po' su la maglietta e scoprendo i due bitorzoli avvizziti che aveva al posto del seno. Io mi buttai goffamente su di lei aspettando che, nonostante la morte nel cuore, succedesse qualcosa. Non successe niente. Dopo un minuto lei mi disse:

«Allora cos'è che facciamo, le belle statuine?».

«La posso toccare?» dissi prendendo il coraggio a due mani.

«E che vuoi toccare?» mi rispose lei. In effetti, non è che ci fosse molto da toccare.

«No, è che per me è la prima volta» le confessai.

Non l'avessi mai detto. La signora si arrabbiò, mi spostò via, si alzò in piedi e disse stizzita:

«Lo sapevo, porca puttana! Dovevo immaginarmelo, quelli come te ti fanno solo perdere tempo, ora mi tocca anche menartelo».

«Se usasse la bocca, forse...» le dissi con garbo, tirandomi su per cercare di darmi un tono.

«Per la bocca sono altri tre sacchi, ce li hai?»

«No, ma ho duecento lire, se vuole.»

«Mi prendi per il culo? No, dimmelo se mi prendi per il culo, o pensi che sia un flipper?»

Non risposi, inutile spiegarle che dicevo sul serio.

A quel punto la signora sbuffò ancora e ordinò: «Sdraiati!». Io eseguii, ma vergognandomi un po', mi misi su un fianco.

«Ma come ti metti? Mettiti a pancia in su no! Cosa faccio, te lo meno di lato?» Eseguii un'altra volta. Lei, dopo avermi detto bruscamente «Spostati!», si sedette sul letto, si accese una sigaretta, si mise a fissare, sbuffando, le fatiscenti pareti della stanza e con la mano libera incominciò a menarmelo, come diceva lei, anche con una certa violenza.

Da sdraiato, e con le braccia lungo i fianchi in una specie di attenti orizzontale, ogni tanto e con fatica alzavo la testa e allungavo il collo per cercare di eccitarmi, ma era come guardare un film, l'unica differenza era che sentivo male.

Dopo qualche minuto di questa tortura, per fortuna l'anoressica si stufò e mi disse, dando prova di essere una fine psicologa:

«Se non succede niente così, caro mio, vuol dire che sei impotente, o che sei bulicio. Rivestiti che non c'è niente da fare».

«Va bene» risposi sollevato.

«I soldi indietro non me li ridà?» buttai lì timidamente perché mi pareva plausibile.

«Come no! Ma lo scontrino ce l'hai?» mi chiese seria.

«Lo scontrino? No, la signora della reception non mi ha dato niente» risposi pensando che si riferisse alla ricevuta per la camera.

«Mi dispiace, ma se non hai lo scontrino non te li posso ridare, semmai ti faccio un buono.»

Ci pensai un po' su e poi, considerata la pur remota eventualità di sfruttarlo o magari rivenderlo a qualche mio compagno di classe per cinquemila lire, le dissi: «Vabbe', mi faccia pure un buono».

E lei: «Ma tu... da dove cazzo sei uscito? Per cosa mi hai preso, per una boutique?».

Ci rivestimmo senza più parlare, lasciammo la stanza, e ognuno andò per la sua strada.

Cioè io andai per la mia strada, la signora ci rimase, in strada.

Prima di andarmene, però, mi feci coraggio e le chiesi una sigaretta. Lei mi rispose:

«Per chi mi hai preso, per una tabaccheria?».

Poi però me la offrì, fece un mezzo sorriso e disse:

«Te', fuma, e cercati una ragazzina che quelle come me per te non vanno bene».

«Ehm, ha mica da accendere?»

«Anche d'accendere vuoi? Non sono mica...» ma non lo disse cosa non era, si vede che questa volta non le era venuto in mente. Rovistò nella borsetta e mi porse l'accendino dicendo: «Ora però smamma che mi spaventi i clienti».

Non c'era nessuno, per strada, alle due e dieci di pomeriggio di quel torrido 14 agosto, solo io, lei e la nostra infinita tristezza.

Quando arrivai a casa, a piedi perché rimasi a secco, verificai subito che tutto funzionasse a dovere. Tutto funzionava, eccome se funzionava. E, colmo dei colmi, nel verificare pensai all'anoressica. Un'ultima cosa, incredibile ma vero, mentre andavo via in Vespa, vidi arrivare Pasquale Tarallo.

# 木々のあいだのそぞろ歩き ― 木曜日

ovvero

# Una passeggiata tra i boschi

*Giovedì*

Oggi, ripensando a quel ragazzino timido e impacciato, ingenuo e spontaneo, mi viene un po' di nostalgia, mi fa tenerezza, e qualche volta vorrei ritornare a essere come lui. Certe volte mi chiedo dove è andato a finire, dov'è la persona che ero allora? Quello che mi resta è solo il ricordo, anzi, fino a poco tempo fa neppure quello (ora sto ricordando). Ero com'ero, e non avevo bisogno ogni volta di diventare ciò che una donna voleva che fossi. Eppure, proprio oggi, c'è stato un momento che sono tornato ad essere come allora...

Saranno state le undici, avevo appena finito di fare colazione, la prima decente da quando sono arrivato. Me ne stavo seduto sotto il patio a guardare la vetta del Fuji, quando il Maestro si è venuto a sedere vicino a me. Loro fanno colazione alle sei, tutti insieme. Io, essendo ospite, quando mi pare. Ieri notte ho scritto fino alle quattro, così stamattina mi sono svegliato tardi. In ogni modo, per fare colazione come la fanno loro, sarebbe meglio saltarla. Latte appena munto ma senza zucchero perché non sanno neppure cosa sia, lo zucchero, bacche scure che il primo giorno pensavo fossero biscotti secchi, tipo cantucci, e le ho pucciate nel latte, e noci di ginkgo, che, se non sei uno scoiattolo, ti sembra di mangiare uno shampoo. Questa è la loro colazione. La sera prima a cena, vabbe', si fa per dire "cena", avevo detto al Maestro:

«Scusa Maestro, visto che avete mucche e pecore, perché non fate il formaggio?».

«Lo facciamo, produciamo circa cinquecento forme di pecorino all'anno.»

«Producete cinquecento forme di pecorino all'anno? E come mai a tavola non s'è mai visto?»

«Perché a noi non piace, lo barattiamo al mercato di Kawaguchi-ko con le cavallette che qui non si trovano.»

«Cioè, fammi capire, tu vuoi farmi credere che fate il pecorino e lo scambiate con le cavallette?»

«Sì, te l'ho appena detto.»

«Ma come si fa a preferire le cavallette? Lo avete mai assaggiato il pecorino?»

«Sì, ma non ci piace, preferiamo le cavallette... De gustibus.»

«De gustibus un cazzo! Scusa, eh. Ma dov'è 'sto pecorino, ne avete ancora?»

«Mah, forse deve essercene rimasta una forma dell'anno scorso in cantina, il nuovo lo facciamo tra un mese.»

«Non è che puoi andarla a prendere?»

«Ora è buio, la devo cercare, domani.»

«Va bene, domani. Però, se c'è, me ne fai trovare

un pezzo domani mattina per colazione al posto delle bacche, per favore?»

«D'accordo» e poi ha scosso la testa.

«Perché hai scosso la testa?»

«Perché non capisco come si faccia a fare colazione col pecorino.»

«De gustibus» gli ho risposto troncandola lì perché intanto era inutile continuare.

Così stamattina ho trovato una bella fetta di pecorino sul tavolo della cucina. Buonissimo. Identico al Fioretto sardo stagionato che compro alla Basko.

«Allora ti piace il nostro formaggio?» mi ha detto il Maestro quando si è venuto a sedere vicino a me.

«Buonissimo, davvero, ma scusa, toglimi una curiosità, qui in Giappone il pecorino non mi pare molto diffuso, a chi lo vendete?»

«Non lo vendiamo, noi non vendiamo mai niente, lo barattiamo con le cavallette. Il poco denaro che abbiamo è quello delle offerte dei fedeli, ma sappi che lo mettono in una cassetta e sono tre anni che non l'apriamo» mi ha risposto seccato.

«Vabbe', scusa, non volevo offenderti, con chi lo barattate?»

«Non so di preciso, noi lo diamo ai contadini che lo vendono a un emissario di un grande distributore internazionale che poi lo manda all'estero, anche in Italia credo.»

Ecco da dove arriva il Fioretto sardo che compro alla Basko, ho pensato.

«Ascolta, Andrea» mi ha detto il Maestro cambiando discorso, «ti va di venire con me in un posto?»

«Ah no, eh Maestro! Mi dispiace, mi è bastata la scarpinata di ieri, ho le gambe che non le sento più.»

«Ma il posto in cui ti voglio portare è qui dietro.»

«Sì, anche ieri mi avevi detto che era qui dietro!»

«Questo è vicinissimo, te lo giuro, massimo mezz'ora di cammino, e non si deve neppure salire, si passa per un sentiero in mezzo ai boschi, tutto in pianura.»

«Ma che posto è?»

«Un posto bellissimo, dove ti potrai rilassare, ci terrei che tu lo vedessi.»

«Vabbe', quando vuoi andare?»

«Adesso.»

«Adesso?»

«Sì, adesso.»

«No, adesso no, oggi pomeriggio semmai, ora vorrei scrivere un po', ho iniziato ieri sera, non hai idea delle cose che mi sono venute in mente, avevi ragione, ricordare è utile, non so ancora a cosa, ma mi sembra che mi faccia bene.»

«Scrivi stasera se vuoi, ora è più utile che tu venga con me, oggi pomeriggio ho da fare.»

Chissà cosa cazzo avrà da fare, ho pensato.

«Va bene, andiamo, devo prendere qualcosa?»

«No, però porta con te lo shakuhachi che al ritorno suoniamo un po'.»

Lo shakuhachi che mi aveva regalato, come ho detto, è una specie di piffero zen. Un giorno si era fatto portare 'sto shakuhachi dai monaci che lo venivano ad assistere in ospedale e me lo aveva regalato dicendo, anzi scrivendomi su un bigliettino perché ancora non parlava, che sarei stato capace a suonarlo. In effetti, dopo due ore di tentativi ero già abbastanza bravo, come se lo avessi suonato da una vita, o in un'altra. Ma il punto è, per dirla chiara, che a me di suonare lo shakuhachi non me ne frega un bel cazzo di niente. Però il Maestro ci tiene, e così ogni tanto lo suono.

Il posto era davvero vicino, ma più che altro incantato. Dopo aver camminato una mezz'oretta in mezzo ai boschi di betulle, tra felci basse e orchidee selvagge, ascoltando cinguettii di uccelli di tutti i tipi, ci siamo trovati di fronte a un muro fittissimo di canne di bambù. Ci siamo fatti largo tra le canne e abbiamo camminato ancora per circa cinque minuti sempre in mezzo a questo boschetto. Ogni tanto il Maestro si fermava e controllava qualche bambù da vicino, poi si apriva in un sorriso e proseguiva con aria soddisfatta.

Usciti dal bosco, ai miei occhi si è svelato uno spettacolo che difficilmente potrò scordare, e descrivere, perché la bellezza di quel posto non era determinata soltanto dalla natura, ma anche, anzi soprattutto, dall'atmosfera magica di cui era impregnato. Una piccola cascata scendeva a formare alcuni laghetti, di cui uno, quello centrale più grande degli altri, era una sorta di piscina naturale. Tutto intorno c'erano fiori colorati che non avevo mai visto, più distante, da un lato, alberi di ciliegi in fiore, dall'altro, si intravedeva un tempietto in legno chiaro col tetto a pagoda, e dall'acqua saliva una nebbiolina, che pareva vapore e rendeva l'atmosfera di quel posto davvero indescrivibile.

«Ti piace?» mi ha detto il Maestro.

«Sono incantato, grazie di avermi portato qui.»

«Guarda i ciliegi, sono in fiore. Tra qualche giorno fioriranno dovunque e ci sarà la festa dell'hanami[2], ma qui sono già sbocciati. Questo è il primo posto del Giappone dove fioriscono i ciliegi. Hai visto che prima guardavo da vicino i bambù?»

«Sì, perché?»

«Per vedere se per caso qualcuno di loro era in fiore.»

«E lo era?»

«Fortunatamente no.»

«Perché fortunatamente no?»

«I bambù non devono fiorire. I bambù non riescono a sostenere lo sforzo della fioritura, quando lo fanno poi muoiono, ma se soltanto uno di loro fiorisce allora fioriranno anche tutti gli altri e ci sarà un anno di sventura, ma anche per quest'anno è andata bene, anzi più che bene, sono venuto qui per assicurarmi che non fossero fioriti i bambù durante la fioritura dei ciliegi, cosa che non deve mai accadere, quindi non solo non ci sarà sventura, ma sarà un anno di grandi cambiamenti, tutti positivi, anche per te.»

«Cosa c'entro io?»

«C'entri c'entri, perché sei qui anche tu, anche per questo ho voluto che mi accompagnassi, per conoscere il tuo futuro. Ora togliti la tunica che facciamo il bagno.»

---

[2] L'hanami (contemplazione degli alberi in fiore) è l'avvenimento più intensamente celebrato in Giappone e coincide con la fioritura dei ciliegi.

«Il bagno? Tu sei matto, vuoi farci ammalare?»

«Tocca l'acqua.»

L'ho toccata. Era calda, minimo trentasette gradi, non era nebbiolina quella che vedevo salire, era davvero vapore!

Ci siamo spogliati e siamo entrati in acqua. Una meraviglia, sembrava di essere alle terme di Saturnia.

Il Maestro dopo qualche minuto mi ha detto:

«Ora io faccio un po' di meditazione, tu rilassati e se per caso arriva l'orso non ti muovere, non scappare, stai immobile».

«L'orsoo? Ci sono gli orsi?»

«Sì, sono ghiotti di bambù, ma in acqua non entrano, tranquillo.»

Non ero per niente tranquillo.

«Stai attento perché il laghetto è profondo e sotto, anche se da qui non sembrerebbe, ci sono dei vortici, non forti ma pericolosi, quindi anche se sai nuotare, è meglio che, orsi a parte, non ti muovi.»

«E chissemmove» gli ho detto, in romano.

Il Maestro dopo un po' ha chiuso gli occhi e si è messo a recitare dei mantra, poi come al solito si è addormentato.

Io me ne stavo lì, in ammollo, e mi godevo quella pace incantata, all'orso non ci pensavo più.

Dopo una ventina di minuti, mentre mi stavo abbioccando, ho sentito un fruscio provenire dal bosco dei bambù.

L'orso!

«Maestro, Maestro, svegliati, c'è l'orso!» ho urlato.

Il Maestro non rispondeva, dormiva alla grande.

Stavo già schizzando fuori dall'acqua e, alla faccia

delle raccomandazioni, dandomela a gambe dalla parte opposta e magari rifugiarmi dentro al tempietto, quando ho visto spuntare dalle canne la giovane monaca zen, col gatto. Ho avuto un tuffo al cuore, peggio che se avessi visto l'orso. Si è avvicinata alla sponda del laghetto, mi ha sorriso, con un movimento elegante e inconsapevolmente sensuale si è tolta la tunica, anzi ne è uscita lasciandola cadere ai suoi piedi, e poi è entrata in acqua con la stessa grazia di una geisha. Una visione. Il gatto si è accovacciato sul "bordo vasca". Eravamo uno di fronte all'altra, piuttosto lontani, ci guardavamo, in silenzio, ogni tanto ci scambiavamo un sorriso. Siamo restati così per dieci minuti buoni, poi lei ha chiuso gli occhi. Io, allora, facendo finta di niente, mi sono avvicinato, un centimetro alla volta, sembravo un caimano. Quando le sono arrivato vicino l'ho toccata con le gambe. Lei niente, non ha aperto neppure gli occhi. Allora, sbadigliando e facendo finta di stirarmi, ho cercato di metterle un braccio intorno alle spalle, tipo al cinema quando avevo tredici anni. Tra l'altro, la messinscena dello stirarsi era inutile perché avevano tutti gli occhi chiusi, compreso il gatto. Neppure il tempo di sfiorarla, che il gatto è schizzato sulle quattro zampe, ha inarcato la schiena, drizzato i peli, e con un balzo, direi proprio felino, mi è saltato addosso. È stato un attimo, ma grazie alla mia prontezza di riflessi, mi sono spostato di lato e sono riuscito a evitarlo, e lui, con lo slancio, è finito in acqua quattro metri più in là, al centro del laghetto. Non sapeva nuotare, e dopo aver annaspato un po' è andato giù a piombo. Del resto c'era da aspettarselo, essendo la prima reincarnazione di un uomo morto annegato, era chiaro che non sapesse ancora nuotare. La giovane monaca zen, che nel frattempo aveva aperto gli occhi, si è messa a gridare, e poi si è lanciata verso il gatto, solo che neanche lei sapeva nuotare e così, dopo aver cercato goffamente di restare a galla, si è inabissata. Il Maestro, intanto, russava. Non mi sono perso d'animo, ho fatto un bel respiro e mi sono immerso. Come mi aveva detto il Maestro il laghetto era profondo, e l'acqua, sotto, era piuttosto torbida, inoltre, essendo calda, mi dava pure fastidio agli occhi. Insomma, non vedevo un accidente. Al primo tuffo ho annaspato a vuoto. Sono riemerso. Al secondo mi è capitato tra le mani il gatto che stava girando preso da un vortice e pareva già mezzo morto. L'ho afferrato per la coda, sono venuto su e l'ho lanciato sul prato, solo che ci ho messo un po' troppa forza e l'ho tirato dieci metri più in là, contro i bambù. Poi mi sono rituffato e sono andato a cercare di salvare la monaca zen. Si dimenava tre metri sotto l'acqua. Appena le sono stato vicino si è aggrappata a me con tutte le sue forze, mi ha piantato le unghie nella schiena e mi ha tirato giù con lei. A fatica mi sono divincolato e sono riemerso. Ho preso una bella boccata d'aria e sono andato di nuovo sotto cercando di afferrarla, ma non ci riuscivo, se mi avvicinavo troppo era lei che afferrava me, graffiandomi, e mi tirava giù, e non potevo neppure prenderla per i capelli perché era rapata a zero. Sono riemerso, boccheggiante e scorticato, ho respirato ancora, ho fatto due bracciate all'indietro per girarle intorno. Mi sono rituffato, e questa volta l'ho afferrata dalla schiena, bloccandole le braccia, poi, dando dei gran colpi con le gambe sono riuscito a portarla a galla. A poco a poco, centimetro per centimetro, spingendola con rapidi movimenti del bacino, l'ho trascinata fino a riva, senza neppure avere uno straccio di erezione. Dopo qualche secondo per riprendere fiato, siamo entrambi usciti dall'acqua e siamo corsi dal gatto. Nudi, senza parlare. Sembrava morto, e poi dicono che i gatti hanno sette vite, questo non ne aveva neppure una. L'ho girato a pancia all'aria, e sotto gli sguardi disperati della monaca zen, gli ho fatto un po' di pressione con le mani sulla pancia. Dopo cinque o sei tentativi, il gatto ha sputato mezzo litro d'acqua è ha incominciato a dare qualche timido segno di vita. La monaca zen, allora, l'ha preso subito in braccio, e lui, trascorso qualche secondo, si è ripreso e ha incominciato a miagolare sommessamente. Tempo un minuto, si è ripreso del tutto. Ci siamo asciugati con la tonaca del Maestro, che intanto dormiva, abbiamo asciugato un po' il gatto, e ci siamo seduti. Nudi, stanchi, e silenziosi. Siamo restati così per un po', sempre in silenzio. Tra di noi si era creata una strana atmosfera, ce ne stavamo in uno stato di pacata rilassatezza e complicità, eravamo tutti e tre inspiegabilmente felici. Ci godevamo quella pace irreale. Senza pudore.

Quando dieci minuti dopo il Maestro si è svegliato, ha salutato la monaca zen come se niente fosse, è uscito dall'acqua, nudo anche lui (devo dire non un bello spettacolo), si è rimesso la tonaca facendo solo una mezza smorfia perché era bagnata e poi ha detto:

«Vestitevi pigroni, che è ora di andare».

Ci siamo rimessi le tuniche, calzato i sandali, e abbiamo ripreso il cammino verso il monastero. Appena usciti dal boschetto di bambù, il Maestro mi ha detto:

«Prendi lo shakuhachi che suoniamo un po'».

Abbiamo iniziato a suonare camminando lungo il sentiero che serpeggiava tra i boschi di betulle, felci basse e orchidee selvagge, mentre tutt'intorno cinguettavano gli uccellini. Prima il Maestro ha suonato un brano di musica gagaku[3] e io l'ho accompagnato con divagazioni creative di sottofondo, poi mi ha fatto segno di continuare da solo e così ho attaccato *Raindrops Keep Fallin' On My Head*, quel pezzo che in *Butch Cassidy* faceva da colonna sonora a Paul Newman quando portava sulla canna della bicicletta Katharine Ross. Ed è stato in quel momento che mi sono sentito come allora, come quando avevo quindici anni. Eravamo tutti in fila indiana, davanti c'ero io che suonavo lo shakuhachi, dietro il Maestro che ogni tanto faceva divagazioni creative di sottofondo, dietro al Maestro la monaca zen che fischiettava, e dietro la monaca zen il gatto. Io suonavo sempre più appassionatamente, e tutti camminavamo felici saltellando a ritmo della musica, compreso il gatto.

[3] Musica della corte imperiale giapponese.

# Luna

## *Il tunnel della droga*

Una di quelle ragazzine di cui parlava l'anoressica la conobbi qualche mese dopo. Si chiamava Luna e fu lei a farmi entrare nel tunnel della droga. Fu un tunnel lungo solo due mesi, durante i quali Luna mi fece fumare almeno duecento canne. Io ho una teoria: ci sono persone, poche ma ci sono, che sono già *fatte* per conto loro, deve essere una questione biochimica, non so, su queste persone la droga, intendo dire quella leggera, non fa effetto. Io sono una di quelle. Tuttavia è possibile che la droga in questione non mi facesse effetto anche perché Luna fumava (o perlomeno mi offriva) esclusivamente marijuana che coltivava lei nel suo giardino esposto a nord e sferzato dalla tramontana, e che per far prima, visto che ne fumava quantità industriali, essiccava col phon.

La conobbi a un concerto in un vecchio teatro di periferia dove ero andato a sentire un gruppo metal solo perché mi avevano regalato i biglietti. C'ero andato con l'amico che frequentavo più assiduamente a quei tempi, Pio, detto anche "Speriamo di chiavare". Lo avevamo soprannominato così perché qualunque cosa si facesse, dovunque si andasse, lui diceva sempre: «Speriamo di chiavare» e naturalmente, per dirla con le sue parole, non chiavava mai. Mi ricordo che al bar dove ci vedevamo, quando Pio ritornava da qualche trasferta, c'era sempre qualcuno dei ragazzi più grandi che gli chiedeva: «Ehi, "Speriamo di chiavare", hai chiavato?». E lui, mestamente, e devo dire onestamente, faceva sempre segno di no con la testa. A Pio non dava fastidio se lo chiamavano "Speriamo di chiavare", ci rideva sopra anche lui, e non so se lo facesse per autoironia o perché quasi quasi preferiva che lo chiamassero così piuttosto che col suo vero nome, Pio. Oggi fa l'urologo nel mio stesso ospedale, ogni tanto ci vediamo allo spaccio e prendiamo un caffè insieme, di quello non parliamo mai, ma a giudicare dalla specializzazione che s'è scelto mi sa che ha perso ogni speranza, ormai.

Quel giorno gli telefonai.

«Pio, ho due biglietti per un concerto, ti va di venire con me?»

Lui non volle sapere né dove fosse il concerto né chi suonasse, mi chiese solo:

«Ma ci sarà da chiavare?».

«Pio non lo so, non credo, cioè magari conosciamo qualcuna, ma andiamo in un teatro di Sampierdarena mica a Woodstock.»

«Vabbe' vengo, cosa vuoi che ti dica, sp...»

«Speriamo di chiavare, lo so» lo interruppi, «lo spero tanto anch'io.»

«No, volevo dire: spinelli ne hai? In quei posti se vuoi sperare di chiavare li devi avere, così offri, passi, fai amicizia.»

«No, non ne ho, e tu?»

«Io nemmeno, vabbe', speriamo di chiavare lo stesso.»

Gli spinelli ce li avevano loro: Luna e la sua amica.

Luna era la classica fricchettona, mezza hippy e mezza scema, si vestiva come si vestivano i freak: salopette, gonne larghe, cappelli strani, guanti di lana con le dita fuori, sciarpe colorate, maglioni enormi, e parlava come parlavano i freak a quei tempi, era tutto un dire feeling, cool, incredibbile storia, vai trenquil, 'sta robba è bbuonissima, sto molto bbene con te, è ggiusto, no problem, che viaggio eccetera eccetera. Ma la parola, anzi il verbo, che usava fino a sfinirmi era "sballare", nel senso di godimento. Non faceva altro che dire: «È uno sballo», «Ci sto sballando», «Che sballo!» e via discorrendo. Soprattutto dopo aver fumato si esaltava per qualsiasi cosa: dal panorama suggestivo al dolce con la crema. Diceva: «Ma ti rendi conto il mare, è uno sballo», oppure: «Ma ti rendi conto 'sto cannolo, è uno sballo». Per lei era tutto uno sballo. Non parliamo poi della musica. Dopo essersi fumata una canna non c'era canzone che non fosse uno sballo. Era più grande di me, aveva quasi diciannove anni e girava con una due cavalli tutta sgangherata, così sgangherata che la usammo una volta sola per andare a Biella a comprare dei mobili orientali pubblicizzati in televisione da Guido Angeli, e che al ritorno, dopo neppure un chilometro, si inchiodò e non diede più alcun segno di vita. Ricordo che ritornammo a casa in treno, da Biella, una stazione ai confini della realtà, e che lei dopo aver fumato due o tre canne in attesa del treno si guardò un po' intorno e disse: «A (mi chiamava A), questa stazione è proprio uno sballo. Ci stai sballando anche tu?». E io che le avrei dato due sberle le risposi: «Sì, ci sto sballando».

Era figlia di una ex hippy e di un impiegato di banca, un connubio che ora sarebbe come dire un testimone di Geova e un integralista islamico. Molto libera e molto figlia dei fiori, anzi "del fiore", visto il lavoro del padre (anche se poi scoprii che pure il papà era stato un hippy). In ogni caso Luna si faceva gli spinelli con la mamma. Roba dell'altro mondo. Una volta mi disse:

«Ieri ero davanti alla tele con mia madre che ci stavamo facendo una canna...».

«Cosaaaa?» la interruppi, «ti stavi facendo una canna con tua mamma?»

«Certo eh, mia madre è una ggiusta, cosa credi? perché tu non ti fai le canne con tua madre?»

«Ohh, come no! Se me ne trova una mi disintegra, altro che canne con mia madre. E a parte tutto, Luna, solo all'idea di fumarmi uno spinello con mia madre mi viene male.»

«Si vede che non avete un rapporto ggiusto» concluse.

Fu lei ad agganciarmi al concerto, passandomi una canna. Ballammo e saltammo e accendemmo gli accendini, ma soprattutto accendemmo altri dieci cannoni. Io facevo finta di essere tutto preso dalla musica, che non mi piaceva, e dalla droga, in realtà ero tutto preso da lei.

Dopo il concerto decidemmo di andare a bere qualcosa in un pub, e a mangiare, perché l'unico effetto che gli spinelli avevano avuto su di me era stato quello di farmi venire una gran fame. Pio, che invece era completamente andato, vomitò anche l'anima. Eppure ricordo perfettamente che mentre gli tenevo la testa, tra un conato e l'altro, biascicò: «Speriamo di chiavare», poi svenne.

L'amica di Luna era fidanzata, così Pio perse la speranza anche quella sera. Invece io accompagnai Luna con la Vespa fin sotto casa e dentro al portone ci baciammo appassionatamente.

Le dissi: «Luna, mi piacerebbe salire da te ma ci saranno i tuoi...».

«Sì, ci sono, ma non c'è problem, in camera mia ci porto chi mi pare, anche a dormire, però se vieni su poi finisce che facciamo l'amore, e non mi va.»

«Perché non ti va, perché è la prima sera?»

«No che ccc'entra, non è per quello, è che sono stufa, ora per un po' non lo voglio fare. Sono appena tornata da Londra e abbiamo fatto l'amore libero, anche tutti insieme, e ora non mi va più, mi ha stufato... non c'è problem per te no?»

«Ehm... no problem tranquilla, anche io sono un po' stufo.»

«Possiamo fare del feeling se vuoi...»

«Ok, facciamo del feeling.» Non sapevo cosa volesse dire feeling, magari è un sinonimo di petting, pensai. «Ma dove lo facciamo? Qui, nel portone?»

«Ma no A, cosa hai capito, facciamo feeling, ci vediamo, stiamo insieme, ci sbattiamo, facciamo cose, vediamo gente, andiamo ai concerti, con te sto molto bbbene, poi quando mi va di nuovo facciamo l'amore, magari su una spiaggia...»

«Magari...»

«Ciao A, ora vado, ce l'hai una penna che ti scrivo il mio numero di telefono?»

«Pronti, ecco la penna, però non ho il foglio.»

«No problem, te lo scrivo sulla mano.»

Ci salutammo con un ultimo bacio appassionato. Al ritorno guidai la Vespa accelerando con due dita per paura che si cancellasse il numero. Arrivato a casa lo copiai sull'agenda, ma dato che me l'aveva scritto sulla mano destra, quella dell'acceleratore, appunto, lo scrissi con la sinistra e il giorno dopo dovetti fare almeno sei telefonate prima di decifrare il numero giusto, anzi ggiusto.

Nei due mesi successivi lei non aveva mai voglia di fare l'amore, e non aveva neppure voglia di fare altro perché diceva «O tutto o niente», quindi niente. Aveva solo voglia di farsi delle gran canne. Abbiamo battuto, in pieno inverno, tutte le spiagge della riviera; ci siamo seduti su tutte le scalinate, conosciuto tutti i fricchettoni di Genova, i loro cani e le loro fidanzate, giocato con i loro frisbee e cantato accompagnati dai loro bonghi, fumato le "nostre" canne. I primi giorni, quando arrivavamo a San Giuliano, la spiaggia di corso Italia dove il suo gruppetto di amici freak amava riunirsi, Luna mi presentava così: «Raga, per chi non lo conoscesse, questo è A» e loro «Ciao A» e io «Ciao raga» e loro «Hai mica del fumo?». Tempo una settimana e mi ero trasformato, mio malgrado, in un freak anch'io.

Gli argomenti preferiti del gruppo erano i viaggi, partire per aprire un chiosco su una spiaggia ai Caraibi, il clima nei paesi equatoriali, le isole, l'India dove la vita costa poco, Amsterdam, Formentera, la musica, la qualità delle cartine, le abilità dei singoli nel rollare, le droghe e le varie tecniche per fumarsele. Ogni tanto si interessavano a fatti di cronaca cittadina: «Raga avete letto che hanno beccato uno con cento chili di marocchino?», «Non era marocchino, era libanese, ho visto la foto sul giornale», «Vabbe' marocchino o libanese chissenefrega, pensa se l'avessimo qui!». Qualche volta, quando erano belli andati, intavolavano discorsi filosofici senza capo né coda sull'Universo, i fantasmi e la vita dopo la morte, gli extraterrestri. In fondo erano bravi ragazzi, ingenui, di eroina o cocaina, almeno nel periodo in cui li ho frequentati, non ne parlavano, o meglio ogni tanto ne parlavano, ma non erano particolarmente interessati. Poi, so per certo che qualcuno di loro si è interessato.

Una volta Luna si presentò con un acido.

«A, ti sei mai fatto un acido?» mi chiese.

«No, cos'è?»

«Ma come cos'è? Non hai letto quel libro di Castaneda che ti ho regalato, quando lui si fa i peyote, questa è la stessa cosa ma sintetica. È lo sballo massimo! Però occhio, ti può salire anche male.»

«E allora magari lasciamo perdere.»

«Figurati se lasciamo perdere! Se sei trenquil non ti sale male, fidati. Questa è una piramide nera, me l'ha portata un mio amico da Amsterdam, è una bomba, facciamo a metà cosa dici?»

«E vabbe', facciamo a metà.»

«Ho un idea. Andiamo a spararcelo al cimitero come in *Easy Rider*.»

«Al cimitero? Ma scusa, se dici che ti può anche salire male, farselo in un cimitero non mi sembra una grande idea.»

«Ma no, sarà uno sballo vedrai.»

Erano le nove di sera, entrammo nel cimitero di Staglieno che era già buio, da un passaggio che conosceva lei, ci sedemmo su una lapide e facemmo a metà.

Dopo mezz'ora io ridevo come un matto, vagavo tra le tombe come le anime degli antenati sul Fuji, saltando da una all'altra su una gamba sola, tipo Pampano. Vedevo la faccia di Luna stranissima e quando parlavo sentivo la mia voce uscire come dall'antro di una caverna e al rallentatore. Luna, invece, diceva: «Fantastico. Questo trip è uno sballo di quelli gggiustissimi. Ma ti rendi conto A come siamo liberi? Stiamo bbene insieme, c'è feeling» e un mucchio di altre stupidaggini che non ascoltavo perché ero tutto preso a saltare tra le tombe. Poi si mise a ridere, devo dire abbastanza istericamente, infine – si vede che non era trenquil – prima disse: «Ci sto sballando male» poi si zittì per qualche minuto (o per un'ora non so, io saltavo) e infine iniziò a piangere, a insultare pesantemente sua madre e a sbattere la testa sulle lapidi. Verso le due mi addormentai, e quando mi svegliai, due ore dopo, Luna non c'era più.

Il giorno seguente andai a casa sua, ero super deciso a fare l'amore con lei, anche perché, dopo questa faccenda dell'acido, mi ero stufato, non ne potevo più dei suoi spinelli, dei suoi acidi, dei suoi amici fricchettoni e di tutte le stronzate che sparava, volevo troncare la storia ma non prima di lasciarmi scappare una occasione così ghiotta. Non c'era, era uscita, mi disse la mamma, era andata dal dottore.

«Ma siediti Andrea, la aspettiamo insieme, ti va di farti uno spinello?»

«Ma, non saprei» risposi sorpreso. Era il colmo. Fino ad allora, quelle poche volte in cui ero andato a casa di qualche mia amica, la madre mi aveva offerto un tè o dei pasticcini.

Sparì in cucina e dopo un minuto tornò con un cannone enorme fatto con quattro cartine e nel mostrarmelo mi disse: «Guarda un po'... che te ne pare? Modestamente come rollo io...».

Ci sedemmo davanti alla televisione fumandoci la canna, in silenzio.

Luna rientrò di lì a poco, tanto che fece in tempo a farsi gli ultimi tiri sotto lo sguardo compiaciuto di sua mamma, che alla fine sbottò: «Ora passa però!». Appena Luna mi vide si aprì in un sorriso. Andammo in camera sua. Rollò subito una canna, l'accese, e mise sullo stereo un disco a volume altissimo. Dopo qualche tiro, solo perché provai ad aprire bocca, mi rispose, con gli occhi chiusi: «Shhh, silenzio, fammi sentire 'sto pezzo che ci sto sballando». Quando riemerse dall'estasi, abbassò la musica e parlammo un po' dell'acido. Mi disse che ora stava bene, che non si ricordava niente. Meglio, pensai. Iniziammo a baciarci e dopo molto feeling le dissi chiaramente che volevo far l'amore, con insistenza. Lei rispose ancora una volta di no, eppure era calda come la marmitta di un Ktm dopo una gara di motocross.

«Ma dài Luna» le dissi, «si capisce lontano un miglio che ci sballeresti anche tu.» Ormai parlavo come lei.

Lei si staccò da me, mi diede le spalle e disse:

«Sì, ci sballerei anch'io, ci sballerei un casino, ma non lo posso fare».

Sfiga pensai; vuoi vedere che proprio oggi è indisposta?

«Perché ehm, hai le tue...»

«No» mi rispose seccamente.

«E allora? Ormai sono passati due mesi, non sarai mica ancora stufa.»

«No, non è per quello, non è mai stato per quello.»

«E allora per che cos'è?»

«Non te l'ho mai detto perché mi vergognavo, ma ho una cosa...»

«Una cosa cosa?»

«Una malattia.»

«Una malattia? Che malattia?»

«Una malattia venerea.»

Deglutii... «Una malattia venerea? Cioè?»

«Ho lo scolo, ecco, così lo sai.»

«Lo scolo?»

«Non ripetere tutto quello che ti dico che mi viene ancora più il nervoso! Sì, ho lo scolo, la gonorrea, me la sono presa a Londra, speravo che mi passasse con l'omeopatia, invece è peggiorata. Torno adesso dal dottore che mi ha detto che devo fare un mese di antibiotici, se va bene.»

Rimasi un po' interdetto. Effettivamente, passi baciare una con l'apparecchio ma lo scolo... eppure la voglia era tanta, così le dissi:

«E vabbe' che sarà mai, per un po' di scolo, magari non me lo attacchi neanche». Alla ragazza con l'apparecchio avevo detto che preferivo baciare quelle con l'apparecchio ma questa volta non me la sentivo di dire che preferivo far l'amore con una con lo scolo, non mi pareva credibile.

«No, te lo attacco, fidati, è una delle malattie veneree più contagiose che ci siano, e quando ce l'hai poi non è mica da ridere. Resistiamo ancora un mese dài.»

A quel punto mi venne l'Idea, il colpo di genio. Avevo con me i preservativi!

«Non c'è problema Luna, ho i preservativi, col preservativo non me lo puoi attaccare, anzi dovevi pensarci prima.»

«Eh, ti credi che se potessi... non posso fare l'amore col preservativo perché sono allergica al lattice, mi vengono certi bubboni.»

«Ma guarda che sarai allergica al latte non al lattice.»

«No, al lattice, è un'allergia rara ma molto pericolosa. Dammi retta, resistiamo, poi, quando sarò guarita, sarà bbellissimo.»

Certo che più sfiga di così! Finalmente avevo trovato una che ci stava e non solo aveva lo scolo ma era anche allergica ai preservativi.

«Vabbe', resistiamo» risposi perfino un po' sollevato. Fumammo ancora cinque o sei spinelli e me ne andai.

Appena arrivato a casa andai subito a consultare l'enciclopedia medica per capire la reale gravità della malattia e se per caso con una buona copertura antibiotica preventiva avessi potuto immunizzarmi, ma quando lessi la sintomatologia e soprattutto le complicanze che spaziavano dall'orchite alla prostatite cronica all'infertilità alla setticemia, accantonai definitivamente l'idea.

Non mi feci più trovare. Luna chiamò tre o quattro volte a casa ma le facevo dire da mia mamma che non c'ero e che non sapeva dove fossi. Passare un altro mese nel gelo tra spiagge tossici cani scalinate e spinelli insieme a una con lo scolo non me la sentivo proprio.

La chiamai due mesi dopo, era la fine di gennaio, speravo fosse guarita. Rispose sua mamma, mi disse che Luna non c'era, che era partita per l'India insieme a Robert, il suo ex di Londra. Non la vidi mai più, né la cercai. Ammesso e non concesso che fosse tornata dall'India, secondo me oltre allo scolo (che le avrebbe sicuramente riattaccato Robert), chissà quante altre malattie si sarebbe portata appresso. Così uscii per sempre dalla vita di Luna e dal tunnel della droga.

# Nina Corallo

## *La prima volta che ho fatto l'amore*

Dopo due anni di liceo linguistico, realizzando che la scuola non faceva per me, abbandonai gli studi e mi iscrissi a un corso biennale organizzato dall'ospedale San Martino per diventare infermiere generico – solo in seguito presi il diploma e poi mi specializzai. Appena finito il corso venni subito assunto, avevo compiuto diciotto anni tre mesi prima. Davanti a me si aprì un nuovo mondo, quello ospedaliero, fatto di infermiere, dottoresse e pazienti. Entrai subito in ortopedia sezione donne, reparto in cui lavoro ancora oggi, il migliore possibile perché capitano ricoverate di ogni età e sostanzialmente sane. Ci sono le vecchie con frattura di femore e piaga da decubito, d'accordo, anzi sono la maggioranza, ma spesso vengono ricoverate belle fratturine giovani che si sono disintegrate sciando o cadendo dalla moto, o ernie quarantenni che soffrono di mal di schiena.

Antonia Corallo, detta Nina, era la mia bella caposala. Fu lei la prima persona che vidi il primo giorno di lavoro. Ne rimasi folgorato. Era la personificazione dei miei sogni erotici di quei tempi. E non solo dei miei: non c'era medico, infermiere o barellante che non ne fosse irresistibilmente attratto.

«Dovevate vederla a vent'anni, quando è arrivata dal paesello cosa non era» diceva sempre il primario. Io non avevo idea di cosa non era a vent'anni, ma sapevo cos'era a quaranta: capelli neri come le ali di un corvo, occhi magnetici, labbra carnose, curve morbide, un seno di quelli che non usano più: con la riga in mezzo, pelle che pareva lavata con la candeggina, piuttosto in carne ma elegante e fasciata dentro ai vestiti, sempre truccata in modo perfetto, forse un filo esagerato. E poi quella voce: roca, profonda, sensuale, la voce di una che fumava Gitanes.

Quando incontrai per la prima volta Antonia Corallo aveva 43 anni, due anni dopo sarebbe andata in baby prepensionamento e tornata in Sicilia per sempre. Ma quei due anni.... Quei due anni segnarono la "svolta" e fecero di me, di Andrea Zanardi, l'uomo che sono diventato. In quei due anni non solo imparai tutto sul sesso e divenni un ottimo amante – come direbbe l'inarrivabile Ferradini – ma soprattutto imparai tutto quel che c'è da sapere sulle donne.

La signora Corallo era una siciliana verace, nata nel cuore arretrato dell'Isola, scappata dalla sua terra natia quando aveva vent'anni, abbandonando il marito e un figlio in fasce. Troppo bella e troppo indipendente per restare in quel Sud. Era una donna che si era conquistata la sua ambita posizione sociale con grinta e determinazione, e da semplice infermiera era diventata, anche grazie al fatto di essere stata per dieci anni l'amante del vecchio direttore sanitario, la caposala più attraente e temuta dell'ospedale.

Con lei medici, infermieri e pazienti rigavano dritto, soprattutto i medici. Lei non era una di quelle caposala che, come quasi tutte le altre, adorano i medici fino a esserne schiave, lei no, con lei nessuno poteva sgarrare, tanto meno loro, i medici. Non parlava volentieri del suo oscuro passato e di quel figlio abbandonato, e nessuno aveva il coraggio di chiederle niente. Nessuno sapeva niente di lei. In ospedale il suo comportamento era esemplare, non dava confidenza, trattava tutti allo stesso modo, gentile e severo al tempo stesso. Dopo il prematuro decesso del vecchio direttore sanitario (colpito da infarto e, si vociferava, nel letto di lei), in molti avevano tentato *avance* di ogni tipo ma nessuno era riuscito nemmeno a portarla a mangiare una pizza. Quel che combinava fuori dal reparto rimaneva un mistero assoluto, la sua privacy era blindata, c'era chi sosteneva che fosse l'amante di un noto politico, chi di un cantante famoso, chi addirittura di un alto prelato.

Come fu che accadde quel che accadde resta un fatto inspiegabile; forse, le ricordavo in qualche modo il figlio abbandonato, o forse chissà, fu per un anomalo istinto materno inappagato o per la sublimazione dei sensi di colpa ai quali certamente Nina Corallo non poteva sottrarsi, che una mattina, quando io smontavo dalla notte, mi telefonò in reparto. Erano le sei, un'ora dopo mi avrebbero dato il cambio. Sono passati più di vent'anni da quel giorno, ma quella telefonata e tutto ciò che accadde dopo l'ho impresso nella memoria come se fosse successo oggi.

«Andrea, scusa, ti potrei chiedere un favore, caro?» mi disse con quella sua irresistibile voce roca.

«Mi dica signora Corallo.»

«Stamattina non vengo a lavorare, non sto tanto bene, prendo un giorno di malattia...»

«Ah, mi dispiace.»

«Oh, non è niente, solo un po' di mal di schiena. Ascolta, hai la Vespa vero?»

«Sì.»

«Allora, fammi un piacere, vai nell'armadietto dei medicinali e prendi una fiala di Voltaren e anche una siringa, e poi se non ti dispiace passa da casa mia a portarmela e magari così, già che ci sei, mi fai anche la puntura che sono sola. È un grosso problema per te?»

«Ma si figuri, non si preoccupi. Piuttosto, mi dia l'indirizzo esatto.»

«Grazie Andrea, sei un amore, ti preparo un bel caffè. Via Napoli sessantasei interno sei. Vieni subito. Ti aspetto.» Tre sei, il numero del peccato.

Quella fu l'ora più lunga della mia vita, il cambio non arrivava mai, per l'agitazione sbagliai tutte le terapie ai malati rischiando di mandare all'altro mondo un diabetico.

Suonai il campanello di via Napoli sessantasei interno sei alle sette e zero nove. Nove minuti, tanto impiegai a percorrere, nel traffico della città, i nove chilometri circa che mi separavano da Nina. Andavo a palla, fantasticando frenesie erotiche. Sentivo che ci doveva essere sotto qualcosa, ma conoscendo il rigore di Nina Corallo avevo forti dubbi, anche se era proprio questo aspetto che rendeva la cosa molto più eccitante. Ancora oggi, quando ripenso con struggente nostalgia a quei fantastici momenti pieni di aspettative e irrefrenabile desiderio erotico, mi chiedo cosa diavolo fosse passato per la testa quel giorno a Nina Corallo, da quanto tempo covasse quell'idea, come mai niente del suo comportamento prima di allora mi avesse fatto presagire questo suo folgorante interessamento.

Mi venne ad aprire con indosso una vestaglia nera di raso che scopriva una generosissima scollatura.

«Oh caro, come hai fatto presto, ma entra, entra pure.»

Entrai, lei si sporse dalla soglia volgendo lo sguardo da una parte e dall'altra per assicurarsi che non ci fosse nessuno sul pianerottolo, che nessuno mi avesse visto entrare.

«Togliti pure il giubbotto, hai fatto colazione?»

«No.» Figuriamoci se perdevo tempo a fare colazione.

«Siediti allora, lì, sul divano, metto su un caffè e ti raggiungo. Ti va qualche biscotto? Li preparo io con le mie mani.» E me le mostrò: bianche, morbide, con le unghie lunghe e laccate di rosso fuoco.

«No, grazie signora Corallo, un caffè va benissimo» risposi deglutendo.

Nina andò in cucina a preparare il caffè mentre io, spaesato, mi guardavo intorno. C'erano, sul tavolino del salotto, alcune foto di lei, giovane e bellissima, con in braccio il figlio neonato, un bambino scuro scuro con gli occhi tristi, e poi in bella mostra un libro dal titolo profetico: *Torbide passioni.* Tornò con il vassoio, si venne a sedere di fianco a me e nel sedersi lasciò che la vestaglia le scoprisse quasi per intero le gambe.

Chiacchierammo un po', di lavoro soprattutto. Io ero visibilmente imbarazzato anche perché lei, lentamente, si era avvicinata a me fino a sfiorarmi le gambe con le sue. Per cercare di controllare il nervosismo, e per darmi un tono, mi accesi una sigaretta. Anche Nina Corallo ne accese una delle sue, Gitanes senza filtro, e aspirò un tiro profondo, rimanendo qualche secondo con la bocca aperta e togliendosi con la punta delle dita un pezzettino di tabacco che le era rimasto sulle labbra. Poi, dopo tre, massimo quattro boccate, la spense nel posacenere a forma di gondola veneziana con un gesto morbido. Mentre le raccontavo che il ventisette aveva chiamato tutta la notte per la padella lei, apparentemente non molto interessata all'argomento, mi interruppe dicendo:

«Ma come sei tutto timidino Andrea, eppure mi accorgo di come mi guardi in reparto, come sbirci quando mi vado a cambiare nello spogliatoio». E mentre parlava notai che si sfiorava, con gesto delicato, l'interno coscia col palmo della mano aperta.

«Non è vero, signora, si sbaglia» le risposi arrossendo.

«Non negare, e poi mi piace essere guardata, naturalmente dipende da chi mi guarda... e quando mi guardi tu... ehi, ma cosa credi, solo perché mi vedi sempre seria e impegnata sul lavoro pensi che io non abbia certi interessi?» disse languida.

«Ma io non la guardo, glielo giuro» insistetti. Ovviamente la guardavo. Non facevo altro che guardarla.

«Ah sì, e allora vorresti dire che non ti piaccio? Non ho niente da invidiare alle ragazzine che ti ron-

zano intorno, sai? Sono ancora bella soda, senti qui.»
E così mi prese la mano e la mise prima su una coscia
e poi sul seno, tra la vestaglia e il reggiseno nero, di
pizzo.

A me sembrava di sognare. C'era una parte di me
che avrebbe voluto saltarle subito addosso, ma resistetti, volevo assaporare l'emozione dell'adescamen-
to il più a lungo possibile. Erano almeno cinque anni
che sognavo di vivere un momento come quello, e almeno sei mesi di viverlo proprio con lei, e ora quel
sogno si stava realizzando.

«Allora, come ti sembrano?» mi disse socchiuden-
do gli occhi.

Restai zitto, impietrito, con una mano paralizzata
sul suo seno.

«Cosa ne dici, sono meglio queste, o quelle delle
tue amichette?»

Non risposi.

Allora Nina Corallo si alzò in piedi, si piazzò davanti a me, appoggiò le mani sui fianchi e con un'a-
ria imbronciata disse ancora:

«Sei proprio un gran maleducato, dovresti avere
un po' più di rispetto per i tuoi superiori, ti dovrei
punire. Così preferisci le ragazzine, eh? Ma le tue ragazzine ci sanno fare almeno?».

Ancora una volta non risposi, anche perché non
sapevo assolutamente cosa dire, visto che nessuna di
quelle ipotetiche ragazzine a cui si riferiva mi aveva
mai neppure sfiorato.

«Alzati in piedi» mi ordinò. Per un attimo pensai
che si fosse davvero offesa per il mio silenzio, che volesse mandarmi via.

Mi alzai. Lei si avvicinò sussurrando: «Sì sì, sei proprio un bambino cattivo, ti meriteresti una punizione». Mi sbottonò lentamente la patta dei pantaloni e infilò la mano dove nessuno (tranne me) aveva mai osato addentrarsi. Incominciò a trafficare guardandomi sfrontatamente negli occhi e sorridendo. Aveva quelle inquietanti unghie lunghissime e ben curate, laccate di un rosso come quello che colorava le sue labbra carnose, e per un attimo temetti per la mia incolumità, invece sentii le sue dita fresche ed esperte che si muovevano rapide e leggere come ali di colibrì, e poi sempre più decise, violente. Voluttuose.

«Ora basta» disse dopo che la mia eccitazione si era fatta incontenibile, «vieni qua, bimbetto, che ti faccio morire.» Mi tirò a lei, avvinghiandosi, e come in un tango argentino mi spinse lentamente verso il divano. E allora, ansimando per l'emozione e per l'eccitazione, farfugliai:

«Ehm, signora, per me è la prima volta».

«Non ti preoccupare caro, tu non ti muovere, faccio tutto io.»

Fece tutto lei.

Fu l'inizio di una travolgente storia di sesso che durò quasi due anni. Per i primi tre mesi continuai a darle del lei, nei discorsi generici, ma anche nell'intimità. Mi pareva talmente strano che l'irraggiungibile e severa caposala Antonia Corallo fosse diventata la mia amante segreta e non riuscivo a darle del tu.

Andavo a casa sua quasi tutti i giorni. Subito, con piacevole sgomento, scoprii di soffrire di eiaculazione precoce – prima non me n'ero mai accorto per ovvi motivi – così adottai alcune tecniche intuitive per cercare di prolungare il più possibile l'amplesso. Chiudevo gli occhi e ripetevo mentalmente le tabelline, o la formazione dell'Italia che in quell'anno vinceva i mondiali, o nomi di animali che iniziavano per P o per T o per qualsiasi altra lettera dell'alfabeto. Nonostante questo, bastava che Nina emettesse un gemito, per farmi tornare alla... ehm, dura realtà, con conseguenze facilmente immaginabili. Allora iniziai a elaborare fantasie angoscianti: pensavo alle vecchie con le piaghe da decubito che avevamo in reparto, o di avere un tumore, dai primi sintomi all'agonia. La fantasia del tumore (soprattutto quello ai testicoli) o della vecchia piagata funzionava abbastanza, e non c'era gemito di Nina che tenesse. Fino a quando realizzai che se dovevo fare l'amore con una donna di quarantatré anni e pensare a una vecchia con le piaghe da decubito allora tanto valeva fare tutto da solo e pensare a Carmen Russo (a quei tempi a Carmen Russo le dovevano fischiare parecchio le orecchie: solo nella mia classe, qualche anno prima, c'era un gruppetto di otto che la "pensavano" almeno due o tre volte al giorno). Così presi i cosiddetti due piccioni con una fava e iniziai a fare da solo, pensando a Carmen Russo un'ora prima di andare da Nina, una sorta di Viagra al contrario. Le cose andarono decisamente meglio, purtroppo però, parte del mio appetito sessuale era saziato da Carmen, e con Nina non era bello come sarebbe potuto essere, ma almeno mi concentravo su di lei e non su una vecchia con le piaghe da decubito. Nel giro di neppure un mese, però, grazie alla lettura di un libro di due psicologi americani nel quale erano descritte minuziosamente e in modo voyeuristico alcune tecniche di controllo orgasmico, ma soprattutto grazie agli insegnamenti della mia espertissima amante, divenni sempre meno ansioso e il problema a poco a poco scomparve del tutto.

Spesso mangiavo da Nina. Cucinava per me con la stessa passione con cui una donna innamorata prepara manicaretti per il proprio uomo, e pretendeva che mangiassi con la stessa severità con cui una madre apprensiva lo pretende dal proprio figlio. Tra l'altro, nonostante fosse siciliana, faceva un pesto incredibile, buonissimo, anche se esagerava un po' con l'aglio... uno spettacolo, così buono poi l'ho mangiato solo da Luis, il mio amico ristoratore di Portofino, dove porto a cena tutte le donne quando le voglio stupire, e dove ho portato anche Maria. In quel periodo, nonostante tutte le energie spese negli innumerevoli amplessi, ingrassai sei chili (e giravo con un alito pestilenziale, da pesto, appunto). Certe volte mi coccolava come un bambino, ancora un po' e mi dava il latte col biberon, altre volte voleva che quel bambino la trattasse male. Probabilmente, a modo suo... a modo tutto suo, cercava di espiare i sensi di colpa per aver abbandonato il figlio. Io avevo fame, a quei tempi, ma lei era insaziabile. Aveva fuoco liquido nelle vene. Voleva continuamente conferme sulla sua bellezza ed esperienza, mi diceva: «Dimmelo che ho un corpo fantastico, dimmelo che nessuna ragazzina ti potrebbe mai soddisfare così». Le piaceva parlare mentre lo facevamo, ma soprattutto le piaceva, e pretendeva, che io parlassi, che la chiamassi in tutti i modi possibili, a volte dolci altre volgari. Io le dicevo tutte le parolacce del mondo, anche in dialetto, oppure, risvolverando l'antico sistema ritardante, con la T o con la P o con tutte le altre lettere dell'alfabeto, ma le dicevo così, senza trasporto. In ogni caso dissi più parolacce a lei in due anni che in tutto il resto della mia vita, alla fine me le inventavo anche, una volta le dissi perfino sei una gran *balolla*. Tra l'altro, finché si trattava di dirle parolacce singole non c'era problema, ma quando voleva che le sussurrassi delle vere e proprie frasi erotiche, specialmente i primi tre mesi che le davo del lei, non suonavano tanto bene. Per tutto il primo anno fui il suo allievo, poi, a poco a poco, presi il sopravvento e iniziai a comandare io. Si era innamorata, e a mano a mano che cresceva il suo amore per me Nina diventava sempre più debole, accondiscendente, adorante, mentre io diventavo più forte. Ancora una volta la legge che in amore "o si domina o si è dominati" dimostrava la sua infallibilità.

Qualsiasi libidine mi passasse per la testa, lei la soddisfaceva. Non diceva mai di no, mai. Magari le piaceva anche, d'accordo, ma soprattutto lo faceva perché aveva paura di perdermi. Io sperimentavo.

Vabbe', reggicalze, giarrettiere, pizzi, manette, ammennicoli d'ogni genere erano all'ordine del giorno. Poi mi prese la mania dei travestimenti: suora prete, domatore leonessa, fantino cavallo, medico infermiera, infermiera malato. Recitavamo anche scenette: quella della casalinga con l'idraulico o col rappresentante della Folletto; oppure ci incontravamo per caso al cinema, nelle ultime file, e facevamo finta di non conoscerci. Io allungavo le mani e lei ci stava, oppure le allungava lei e io mi ritraevo, ma poi ci stavo. Io ero il regista occulto e perverso di quelle scenette, Nina era l'attrice diligente e al tempo stesso creativa.

Eppure non fu soltanto una questione di sesso, nemmeno per me. Innanzi tutto ci divertivamo, ci facevamo delle gran risate insieme, anche se, a dire il vero, spesso ero io che la facevo ridere, inconsapevolmente. Ma proprio per questo diceva di trovarmi irresistibile. Nina, smessi i panni della severa caposala, anzi "smessi i panni", sapeva essere spiritosa e autoironica. Ricordo, ad esempio, che il giorno in cui la chiamai balolla, poi, mentre si fumava la canonica Gitanes *del dopo*, impestando l'aria peggio che col fumo mentolato delle Pack, mi disse:

«Com'è che mi hai chiamata prima?».

«Prima quando?»

«Prima, mentre facevamo l'amore, com'è che mi hai chiamato?»

«E che ne so! Ti ho chiamata in tanti di quei modi che ho perso il conto.»

«No, mi hai chiamata ba...»

«Bagascia?»

«No no, ba... ba...»

«Bastarda... battona... Batman, che ne so!»

«Balolla, ecco!» disse schioccando i polpastrelli e facendosi una gran risata, «mi hai chiamata gran balolla, ma che vuol dire?»

«Boh, mi è venuto così, ti piace?»

«Da impazzire» continuò, e poi, coi denti stretti,

tirandomi verso di lei mi disse con voce ironicamente vogliosa: «Vieni qua, dimmelo che sono la tua balolla, scopami e dimmelo ancora».

Io glielo dissi due o tre volte cercando di darmi un tono credibile e lei iniziò a ridere così tanto che non scopammo affatto, ma alla fine ridevamo tutti e due con le lacrime agli occhi. Quel giorno mi disse che era stata la volta che aveva riso di più nella sua vita, che si era emozionata, perché ridere vuol dire emozionarsi. Non fu soltanto questione di sesso, dicevo, neppure per me. Da parte sua Nina finì per innamorarsi perdutamente. Mi adottò, mi aiutò nel lavoro, mi obbligò a diplomarmi (mi pagò un corso da privatista e in quei due anni presi la maturità, fui uno dei primi diplomati del Cepu). Ma soprattutto mi spiegò le donne. Io ascoltavo e assorbivo come una spugna. Nina Corallo passava ore a raccontarmi come sono fatte le donne, a cosa pensano quando parlano, cosa c'è dietro a un sorriso, uno sguardo distratto, un gesto. Cosa vogliono realmente. Fu una full immersion sulla psicologia femminile fatto dalla femmina più femmina di tutte, da una donna vera e navigata come forse nessun'altra ho incontrato nella mia vita. Me le spiegava, le donne, per far sì che mi guardassi da loro, come se le donne fossero il mio nemico, ma in realtà erano il suo nemico, perché Nina sapeva benissimo che non sarebbe durata, che prima o poi qualcuna avrebbe preso il suo posto. Insomma, cercando di spiegarmi come si fa a difendersi dalle donne, senza volere mi insegnò a conquistarle. Mi aiutò a scoprire che le donne sono strane creature e che, soprattutto riguardo agli uomini, dicono una cosa ma spesso ne pensano un'altra anche se credono di pensare quella, e per riuscire a far breccia nel loro cuore, o almeno ad affascinarle, non basta diventare ciò che una donna dice di volere o pensa di volere in un uomo, ma ciò che vuole veramente, e che talvolta è il contrario di ciò che dice o pensa. È un'operazione difficile, perché occorre scoprirne l'intimo, ma soprattutto occorre snaturarsi, perché un uomo non può essere, per carattere e formazione, ciò che una donna vorrebbe che fosse. Anche se non era certo quello il suo scopo, m'insegnò a snaturarmi, perfino dalla mia natura maschile, non tanto per prendere contatto con quella ipotetica e femminile, perché quello è spesso ciò che le donne dicono o pensano di volere, ma in realtà non vogliono, ma per trasformarmi in un alieno, in un uomo che non esiste, o che non è di questo mondo, se non come figura idealizzata e spesso inconscia, a volte sconvolgente. Una volta mi disse: «Vedi, Andrea, noi siamo pianeti che grazie alla forza di gravità si attraggono irresistibilmente, ma che a causa di quella stessa forza si respingono mantenendo però un equilibrio perfetto. E tuttavia, quell'equilibrio nel quale si adagiano gli uomini, per noi donne è insufficiente, ciò che vogliamo veramente noi donne non è un pianeta che ti ruota attorno o intorno al quale ruotare, ma un asteroide che ti colpisce e che diventa parte integrante di te, magari distruggendoti la superficie ma riuscendo alla fine a farti deviare dalla tua orbita, per assumerne insieme un'altra nuova e imprevedibile. Il problema, però, è che un asteroide, pur con tutta la sua forza e la sua grandezza, pur con tutto il suo potere devastante, resta sempre un asteroide che non ti può dare la stabilità di un pianeta. Quello che noi donne vorremmo e che non si può avere è un uomo asteroide e pianeta nello stesso tempo. Nonostante questo vogliamo crederci, ogni volta ci illudiamo di averlo trovato e ogni volta rimaniamo deluse, questa è la nostra fragilità. Con gli anni diventiamo più attente, disilluse, smaliziate, ma in fondo restiamo sempre in attesa. Per fortuna che gli uomini sono stupidi, quasi tutti si rivelano subito per quel che sono: meteore che si polverizzano nell'atmosfera e che al massimo vengono bene per illuminare una notte». Quel discorso metaforico-cosmologico illuminò me, direi che fu quasi catartico, capii che tutta la difficoltà stava nell'individuare quale fosse il tipo di asteroide-pianeta che una donna cercava, e una volta scoperto quello, infilarmi nel loro corridoio gravitazionale sarebbe stato un gioco da ragazzi. Dopo due anni di quest'irripetibile follia, Nina, ottenuto il prepensionamento, dovette ritornare in Sicilia ad assistere la mamma che nel frattempo si era gravemente ammalata. Voleva che mi trasferissi con lei. Fui irremovibile. Nina non insistette, sapeva benissimo che al suo paese sarebbe scoppiato l'ennesimo scandalo: presentarsi dopo venticinque anni con un ragazzino dopo aver abbandonato un figlio e un marito... Eppure, probabilmente, nonostante questo, se le avessi detto di sì l'avrebbe fatto, avrebbe affrontato lo scandalo e le malelingue del paese. Non mi parlò mai del suo passato, e io non le chiesi mai niente anche perché in fondo non me ne poteva importare di meno, solo una volta mi raccontò di questo marito violento che la picchiava e della sua fuga, senza un soldo, verso il Nord. Quel giorno pianse a dirotto mentre mi raccontava del figlio abbandonato, disse che non avrebbe potuto portarlo con sé, altrimenti non ce l'avrebbe mai fatta, sola, senza soldi e con un figlio in fasce. Mi raccontò che quando riuscì appena a sistemarsi provò in tutti i modi a riprenderselo, ma ormai era stato affidato al padre. La minacciarono perfino di morte se solo lo avesse cercato.

Io la consolai al solito modo: le proposi di recitare la scenetta di lei che era la madre piangente perché le era appena morto il figlio e io che ero l'impresario delle pompe funebri, venuto a prendere accordi per il funerale. Lei disse di no. Quella fu l'unica volta che Nina Corallo disse no, chissà perché.

Quando Nina partì, per me fu una liberazione. Era diventata gelosa, possessiva, invadente. Negli ultimi tempi della nostra storia provavo con lei quel desiderio di fuga che provo oggi per tutte le donne dopo che sono state mie. Chissà, forse fu lei, con la sua ossessione d'amore, a condizionarmi per sempre e a farmi capire che prima di tutto viene la libertà.

L'ultima volta fu sul treno, il giorno che Nina partì. Aveva prenotato sul vagone letto. Dovevo accompagnarla fino alla sponda continentale dello stretto di Messina e poi tornare indietro da solo. Non me la sentii di scopare fino in Calabria, perché quelli erano i suoi programmi. Così scesi un attimo a Firenze, stravolto, con la scusa di andare al bar per un vov.

Non la vidi più. I primi tempi lei mi telefonò spesso, mi chiedeva sempre se l'amavo, ma io rispondevo vago, sembrava che dovesse rimanere in Sicilia solo poco tempo, sei mesi, un anno al massimo, e invece non tornò più. Mi scrisse qualche volta, ma io non le risposi mai, anzi, le ultime due lettere non le lessi nemmeno.

Sei mesi dopo la sua partenza, il direttore sanitario mi fece chiamare e mi disse che ero stato scelto per partecipare a un progetto pilota di gemellaggio con un ospedale inglese, sarei dovuto stare un anno a Londra e lì prendere la specializzazione come infermiere professionale. Sono certo che fu Nina in qualche modo a metterci lo zampino. Ci andai, avevo poco più di vent'anni, e mi si aprì un altro mondo ancora. Dopo un primissimo periodo di ambientamento, anche linguistico, feci delle vere e proprie stragi. Finito lo stage me ne andavo a Piccadilly Circus, mi sedevo sui gradini e mi guardavo intorno, c'era sempre qualcuna a cui chiedere: «Do you have a lighter please?» e mentre cercava l'accendino o anche se mi diceva di no, dire: «Where do you come from?». Oppure, quando non sapevo ancora bene l'inglese, le agganciavo con una domanda magica di mia invenzione, chiedevo: «Ou cicis corrous marrous?» e loro «What?» e io «Cicis corrous marrous!» e loro «I don't understand, sorry» e io «Ok, no problem, I am Andrea, what's your name?». Ed era fatta.

# Ilsa la belva delle ss

## *Quando ho tentato di farmi curare*

Alla stazione di Firenze, sorseggiando tranquillamente il mio vov, mentre dalle finestre del bar vedevo il treno allontanarsi, e Nina sporgersi dal finestrino e cercarmi disperatamente con lo sguardo, io sorridevo. Sì, sorridevo, cinico e glaciale, incominciavo a guardarmi intorno, sapendo che non avrei più smesso. In quel bar, con quel vov in una mano e una Marlboro nell'altra, ero già un'altra persona: scaltro, sicuro di me, ben conscio del mio potere.

Ancora non sapevo, però, che quel giorno, l'ombra di un demone era calata su di me. Un demone che da allora mi costringe a passare di braccia in braccia in una spirale senza fine. Un demone che da allora rende ogni donna, ma solo prima che abbia ceduto, il fine ultimo dei miei pensieri, dopo...

La prima dopo Nina fu una ricoverata di diciotto anni. Bella, fresca, ingenua. Finalmente. Una bambolina. Peccato fosse anche alta come una bambola. Ricordo che venne da noi per un allungamento del femore. Le facemmo guadagnare un bel po' di centi-

145

metri. Entrò che era un metro e trentanove e uscì dopo tre mesi d'indicibili sofferenze che era un metro e quarantasei. Chissà se le è cambiata la vita.

Non durò, anche perché ci andai a letto (quello d'ospedale, naturalmente) il giorno prima dell'operazione, e dopo non fu più possibile per via dei dolori e di tutti quei ferri che le uscivano dalle cosce, ma soprattutto perché, fin da quando finì la storia con Nina, iniziò la mia "compulsione sessuale", come la chiamava la junghiana.

Vorrei che però fosse ben chiara una cosa: non prendo tutto quello che viene, se m'intriga posso scegliere di corteggiare anche una donna non bella, e talvolta le donne non belle, lo confesso, m'intrigano, ma nella mia vita ho avuto anche donne obiettivamente bellissime. Per alcune ho impiegato mesi di corte spietata prima di conquistarle, ho fatto cose che pochi uomini sarebbero disposti a fare. Per una modella, addirittura, ho imparato a guidare l'elicottero perché sognava l'elicotterista. Sfilava per stilisti minori, ma solo perché era un po' rotondetta e aveva qualche difficoltà di movimento. Intendiamoci: sulla passerella non si muoveva con la classe innata di una top, ma non è che zoppicava, ed era rotondetta, d'accordo, ma secondo i canoni demenziali degli stilisti (che vestono le donne ma non le amano, anzi, sotto sotto le odiano perché vorrebbero esserci loro a sfilare con i vestiti che disegnano; mentre io, che le donne le amo, anche se a modo mio, le spoglio, e mi piace vedere la carne), in realtà era alta un metro e ottanta e pesava sessanta chili, quindi perfetta. Uno schianto, credetemi. Era fidanzata con un modello

alto un metro e novanta uguale a Brad Pitt; io, di
fronte a lui, anzi no, di fianco a lui, nonostante avessi
quindici anni di più sembravo suo figlio venuto male. Nonostante questo mi accorgevo che un po' la in-
trigavo, ma non ce l'avrei fatta senza l'elicottero. Allora, dopo qualche serata passata insieme al suo
gruppo (sarebbe troppo lungo spiegare come la conobbi e tutto il resto, comunque loro erano a Portofino per delle sfilate e io, d'estate, a Portofino, Santa
Margherita e Rapallo ci bazzico abbastanza), sparii
dalla sua vita (anche perché altrimenti il modello mi
menava). Mi presentai un anno dopo col brevetto,
ma non glielo dissi subito. Le telefonai, era sfidanza-
ta, triste perché Gabbana l'aveva appena scartata
(Dolce la voleva ma Gabbana no, era stato irremovibile, pare avesse avuto perfino una crisi isterica). La
consolai telefonicamente e le chiesi se voleva venire
a fare un giro, lei pensava in macchina, io invece glielo feci fare sull'elicottero (affittato a trecentomila
più iva per un'ora). Non se l'aspettava. Ricordo che
era così eccitata che se non fosse stato per la paura di
precipitare (ero un principiante) avrei potuto scopare in volo, anzi la sua libidine credo fosse stata proprio quella, ma dovette accontentarsi dell'hangar.
Eppure, anche con la modella, che tra brevetto e tutto il resto mi sarà costata una ventina di milioni (but-
tati via, tra l'altro, perché in un'altra occasione, a
causa di un mezzo incidente, mi venne una paura tale che non ho più volato), *dopo* è successo come con
tutte le altre. Non c'è niente da fare, *dopo* ho solo voglia di andar via, o che se ne vadano loro. Qualcuna
lo fa. Devo ammettere che ultimamente si trovano

quelle che non vogliono legami, che *dopo* se ne vanno e che non ti cercano più, ma è merce rara, soprattutto per me che non frequento internet, dove – mi dice un mio amico barelliere che sulle chat fa finta di essere medico – sono tutte così. Ma quelle non mi interessano, io sono per la conquista classica, vecchio stampo, quella del gioco di sguardi. Sono un uomo all'antica, serio.

In ogni caso, dopo Nina, tranne che per un periodo di un anno in cui ho convissuto con Alice e la storia di otto mesi con Giovanna, se fosse dipeso da me non avrei mai fatto l'amore per più di una volta con la stessa donna. Una via l'altra, sempre così, da vent'anni è sempre così. È anche faticoso, se devo essere sincero, è come un secondo lavoro. Soprattutto quando ti capitano quelle difficili, che ci devi perdere del tempo, o quelle che sparano cazzate a tutto spiano e le devi stare a sentire ammirato. Quelle che hanno un hobby e che ti parlano solo del loro hobby, quelle che credono di essere pazzesche che ti raccontano quanto sono pazzesche, quelle rampanti che parlano come un uomo ma riescono ad essere perfino più stronze, quelle pseudo intellettuali che ti distruggono con la cultura che non hanno, le peggiori di tutte. E va bene che conquistare una donna è stimolante ma dipende anche da chi conquisti. Su alcune niente da dire, è valsa la pena perfino di parlare per un'ora di Baricco, ma ci sono certi cessi mimetizzati che me l'hanno fatta cadere dall'alto, e io, oltre a pagare la cena più annessi e connessi, dovevo fare il simpatico, quello interessato ai loro discorsi. Calma, interesse, galanteria, simpatia, ammirazione, profondità di sguardo, grandi sorrisi alle loro battute e stupore alle loro osservazioni. Ma soprattutto, per quelle che dopo una cena del genere avevano ancora il coraggio di essere recalcitranti, era necessaria un'opera di convincimento sfiancante certe volte anche di un'ora buona. Quando invece la voglia sarebbe stata quella di dire al massimo:

«Allora, ti va di andare da me?».

«No.»

«Perché no, scusa?»

«Così.»

«Come così? Cosa vuol dire così? Se non ti piaccio o se c'è qualcosa che non va dillo, non mi offendo.»

«No, non c'è niente che non va, anzi...»

«E allora? Andiamo no?»

«No.... è la prima sera, non mi va.»

«Che c'entra! La prima o la seconda sera è uguale, non abbiamo mica quindici anni.»

«Lo so, ma la prima sera non mi va. Neppure la seconda, se è per quello.»

«Ah! Neppure la seconda?»

«No.»

«Vabbe', allora la serata finisce qui.»

«Come, andiamo già a casa?»

«No, io vado a casa! Tu vai un po' dove cazzo vuoi.»

Mi piacerebbe fermarmi, magari fidanzarmi per un po', ma non ci riesco, e non è sempre colpa delle donne. A pensarci bene, ne ho conosciuta qualcuna che doveva essere interessante, che avrebbe avuto cose da dirmi, che mi avrebbe fatto innamorare, ma non le ho dato il tempo. Anzi non me lo sono dato io, sono scappato ancor più velocemente che con le altre. Non so trovare una spiegazione. Dovrei andare da uno psicologo, uomo però, perché ho provato ad andare da due psicologhe e insomma...

Una era freudiana. Cedette subito, quasi subito, alla terza seduta. Quando le parlai di Nina volle sapere anche i particolari, e mentre le raccontavo tutto per filo e per segno vedevo che incominciava a bollire. La buttai sul languido, le descrissi, senza nascondere nulla, i particolari erotici rendendoli se possibile ancora più perversi, e dopo un po' mi alzai dal lettino e la presi sulla scrivania sopra a un libro di psicologia evolutiva di Melania Klein. Dopo, mi confidò che un'avventura come quella che le avevo raccontato era il suo sogno, quindi aggiunse una serie di altre cose che non ho capito riguardo al rapporto irrisolto con il figlio. Disse che aver fatto l'amore con me per lei era stata una vera catarsi, che nemmeno dodici anni di psicoanalisi erano riusciti a sciogliere quel nodo profondo della sua personalità, quella sua resistenza inconscia.

Comunque era una professionista seria, non mi volle più vedere. Disse che, tra l'altro, rischiava di essere radiata dall'albo, e quello che era successo tra noi precludeva ogni possibilità di continuare la terapia. Meglio così, anch'io non la potevo più vedere, ormai.

Dopo parecchi anni andai da un'altra dottoressa che resistette molto di più, quasi sei mesi.

Era una junghiana. Bella donna, non tanto giovane però, sui cinquant'anni, più o meno, piuttosto robusta. Era tutta perfettina, professionale, asettica. Pareva asessuata.

Me l'avevano consigliata apposta. Il mio amico frequentatore delle chat che conosceva il mio problema, chiamiamolo così.

«Tranquillo, quella non cede, la conosco bene perché abita nel mio stesso palazzo. È una tedesca, fidati.»

Stavamo facendo ottimi progressi nella terapia. Giuro che dopo qualche blando tentativo non ci pensavo nemmeno più, cioè, ci pensavo, ma vedevo che non c'era niente da fare, che teneva le distanze, tanto che non ti faceva venire nemmeno voglia di sorriderle.

Stava emergendo l'Ombra, tutti gli aspetti della personalità che uno cerca di nascondere agli altri e quindi anche a se stesso, almeno fu quello che la tipa mi spiegò un giorno, solo che prima che venisse fuori del tutto la mia, uscì fuori la sua, di Ombra. Una tedesca, mi aveva detto il mio amico. Altro che tedesca, Ilsa la belva delle ss. Aprì un armadietto e tirò fuori una serie incredibile di ammennicoli sadomaso, tra cui spiccava il gatto a nove code. Si travestì che sembrava la mamma di Batman e iniziò a menare. Io le prendevo e le davo, ma più che altro le prendevo, resistetti perché volevo capire meglio i confini di certe frontiere del sesso. Mai più in vita mia. Ho ancora i segni delle frustate.

«Ehi, amica» le dissi dopo che le avevo tirato un cartone in faccia e lei barcollava felice, «per oggi è andata com'è andata, ma io non sono per queste cose, infilati un po' la frusta nel...»

«Sì, dài» m'interruppe lei, «ma prima scaldiamo il manico con l'accendino.»

Non le risposi nemmeno, mi liberai dai nodi e staccai la cera dalla pancia (ormai si era seccata e veniva via bene), mi tolsi le puntine da disegno dalla schiena e me ne andai sbattendo la porta. Lei, piuttosto che niente, fece in modo di lasciarci le dita in mezzo.

Tentai anche con un corso tipo quelli che fanno in America per disintossicarti dal sesso, ma fu peggio che andar di notte. C'erano anche tre donne, e per un uomo che vuole disintossicarsi dal sesso fare un corso insieme a tre donne che vogliono fare altrettanto, non è terapeutico. Ci intossicammo ancora di più. In compenso scoprii il mondo magico dei corsi.

Ammettiamolo, nessun uomo s'iscrive a un corso perché gli interessa davvero imparare quello che insegnano, ma lo fa per conoscere le donne che lo frequentano. Mai visto un uomo in vita mia che impara qualcosa perché gli piace, ma tutti lo fanno per far colpo sulle donne. Dalla scoperta del fuoco in avanti tutto quello che hanno fatto gli uomini l'hanno fatto per farsi belli con le donne.

Mi sono sciroppato corsi di tutti i tipi: scrittura creativa, cucina creativa, teatro, pittura, scultura, taglio e cucito, erboristeria e tanti altri di cui non mi ricordo nemmeno i nomi, anche perché ci sono sempre andato il tempo necessario per agganciarne una che mi piaceva e poi ho sempre piantato lì, vuoi perché il corso non mi interessava, vuoi perché, dopo, non mi interessava neppure più la corsista.

Ecco, l'unica cosa che mi piacerebbe fare e non ho mai fatto è l'insegnante.

Ammettiamolo, nessun istruttore insegna per il gusto di farlo, ma tutti lo fanno per fare gli splendidi con le donne del corso. E niente ti facilita più in quel senso che fare l'insegnante.

Le donne stanno lì a pendere dalle sue labbra, e lui, l'insegnante, ci marcia.

Ma anche essere uno del corso facilita, con la faccenda dell'interesse comune sai sempre di cosa parlare. E quando l'insegnante dice: «Esercitatevi un po' tra voi durante la settimana» sei a posto. Tranne una, la più figa, che si esercita con l'insegnante, c'è solo l'imbarazzo della scelta. È buona norma scegliere corsi più gettonati dalle donne, tanto oggi, con questa mania che ogni uomo deve scoprire la sua parte femminile, nessuno si stupisce più. Puoi frequentare assiduamente anche corsi di puericultura, o d'arpa o di maquillage, che va bene, anzi meglio, perché rischi d'essere l'unico uomo, e se ce n'è qualcun altro, di solito non è in concorrenza.

Tra tutti i corsi a cui mi sono iscritto l'unico che completai fu quello di due settimane, lunedì, mercoledì e venerdì dalle ventuno alle ventitré per diventare milite della Croce Rossa. Fu un impegno duro e gravoso, ma ne valse la pena. Intanto perché, anche se al corso eravamo tutti uomini, riuscii lo stesso a portarmi a letto la dottoressa che ci veniva a insegnare tecniche di rianimazione. Una magrolina, palliduccia, mezza malata, una di quelle che se le tocchi hai paura di romperle, carina però. Si fa per dire "letto", la feci mia dentro un'autoambulanza, l'ultima sera, dopo che tutti se n'erano andati e io le avevo chiesto se mi poteva spiegare meglio come si manovrava la bombola d'ossigeno in dotazione. Solo che, dopo, dovetti rianimare la rianimatrice perché si sentì male, pressione bassa, che il furioso atto sessuale azzerò del tutto.

Ma il vero motivo per cui valse davvero la pena fare quel corso fu quello di diventare, appunto, milite della Croce Rossa. Non sembra ma il milite ha le sue belle occasioni. Il salvatore, e parlo per esperienza, esercita sempre un fascino particolare sulla donna salvata.

Non si contano le figlie, le mogli, e le malate con cui dopo, scongiurato il pericolo, ebbi una breve ma intensa avventura.

La più bella, quella che da sola sarebbe valsa il corso, fu quando ci fu il terremoto in Umbria. Noi eravamo lì già da due giorni e io, forse perché ero sempre sporco di fango, non riuscivo a battere chiodo. Il terzo giorno, però, avvenne la svolta. Con un gesto eroico e coraggioso, sprezzante del pericolo, tirai fuori dalle macerie con le mie mani una vecchia che miracolosamente era ancora viva. La cosa finì anche sui giornali. Mi ero imboscato mezz'oretta a schiacciare una pennichella dietro a un cumulo di macerie quando udii un flebile lamento. Un po' recalcitrante perché avevo un gran sonno, incominciai a scavare finché liberai la vecchia, che era orribilmente tumefatta ma tutto sommato ancora in buona salute. Fortuna volle che la vecchia fosse la nonna del sindaco democristiano che, riconoscente, m'invitò a cena. La sua casa era l'unica di tutto il paese che, stranamente, non era crollata. Dopo cena, e dopo aver scoperto che in politica la pensavamo allo stesso modo, eravamo entrambi grandi ammiratori di Andreotti, finimmo a letto insieme. Ah, dimenticavo, il sindaco era una donna. A un certo punto, al culmine dell'amplesso, fummo sorpresi da una scossa tellurica del settimo grado della scala Mercalli, come lessi il giorno dopo sul giornale. Fu un'esperienza irripetibile, non ci fu più bisogno di muoversi, era la stanza che andava su e giù.

L'edificio crollò cinque minuti dopo la scossa, quando, con l'ottima scusa del terremoto, mi ero già volatilizzato. Il sindaco, che non era abituata a vestirsi così in fretta come me, ne uscì piuttosto malconcia.

# 思いがけない訪問 ー 金曜日

ovvero

## Una visita inaspettata

*Venerdì*

Me ne stavo seduto con il Maestro sotto una pianta di ginkgo biloba, la sua preferita, e suonavamo lo shakuhachi. Il Maestro, dopo aver ascoltato *Raindrops Keep Fallin' On My Head*, voleva che gli insegnassi altre canzoni "moderne". Non avevo che l'imbarazzo della scelta, visto che lui, della musica occidentale dal 1960 in poi, conosceva solo *Volare*. Mi pare che in quel momento stessimo provando *Anima mia* dei Cugini di campagna. Io suono a orecchio, quindi più o meno, dopo qualche tentativo sono in grado di rifare ogni canzone che conosco. Lui stava esercitandosi sul ritornello e io canticchiavo, quando l'ho visto arrivare da lontano. Subito non l'ho riconosciuto.

«Ci sono visite!» ho detto al Maestro, pensando si trattasse di qualche fedele venuto in pellegrinaggio. Erano in due, un uomo su un asino e il contadino-taxista. Li avevo notati subito, appena erano spuntati dalla linea degli alberi che delimita l'altopiano di fronte al monastero.

Lo ha riconosciuto per primo il Maestro, che no-

157

nostante abbia ottantadue anni, da lontano ci vede meglio di me.

«Ma quello è Schillaci!» ha esclamato. Anche il Maestro lo conosceva come Schillaci, perché in ospedale, tutti, perfino Hayaschi, lo chiamavano così. Mi sono alzato e gli sono andato incontro, felice.

Appena Schillaci mi ha visto è sceso dall'asino e si è messo a saltare salutandomi.

«Ciao Schillaci, cosa ci fai qui?» gli ho gesticolato parlando in italiano dopo averlo abbracciato.

«Ti sono venuto a trovare, sei contento?» mi ha gesticolato parlando in giapponese.

«Certo che sono contento!»

«Ma quanto ti fermi?»

«Soltanto oggi.»

«Come mai così poco?» gli ho chiesto, deluso.

«Non ho più ferie, te l'ho detto, oggi mi sono messo sotto mutua, ma domani mattina devo rientrare, altrimenti quel bastardo di Hayaschi mi manda il controllo.»

Nel frattempo ci ha raggiunto il Maestro e anche con lui si sono salutati calorosamente, si sono fatti ben tre inchini.

Dopo i convenevoli, Schillaci si è girato verso il contadino, lo stesso con cui avevo contrattato, e l'ha pagato.

«Scusa Schillaci, ma quanto ti ha chiesto?» gli ho gesticolato.

«Diecimila yen.»

«Diecimila yen! A me ne ha chiesti trentamila e non c'è stato verso di farlo scendere, 'sto stronzo.»

«Si vede che ti ha visto in faccia» mi ha risposto Schillaci, ridendo.

A quel punto il contadino ha detto qualcosa a Schillaci, mi pareva piuttosto seccato. Eppure, a meno che non conoscesse il nostro codice gestuale segreto, non poteva aver capito che l'avevo chiamato stronzo.

Schillaci ha fatto due o tre volte cenno di sì con la testa, e poi si è rivolto verso di me:

«Andrea, c'è qui il contadino che vorrebbe dirti una cosa».

«Cioè?»

«Un attimo.»

Ha scaricato la borsa dalla groppa dell'asino, l'ha posata per terra, l'ha aperta e ha tirato fuori un pallone: Adidas, bianco e nero classico, regolamentare.

«Lo vedi 'sto pallone» mi ha detto, «te l'ho portato perché volevo chiederti se trovi il modo di farlo firmare a Totò quando ritorni in Italia. Poi me lo spedisci.»

«Cosa? Scusa eh, non vorrei sembrarti scortese, ma secondo te dovrei andare fino a Palermo per far firmare un pallone a Schillaci?»

«Perché, dov'è Palermo, non è vicino a Genova? Mi avevi detto che se venivo in Italia mi ci accompagnavi, pensavo che fosse vicino.»

«Ok ok, lasciamo perdere, te lo faccio firmare» gli ho gesticolato pensando: al massimo lo firmo io, tanto la firma di Schillaci la dovrei saper imitare, probabilmente basta fare una x.

Poi ho continuato: «Però, abbi pazienza, ora mi tocca tornare in Italia con un pallone... se me lo dicevi te ne compravo uno direttamente a Palermo e te lo facevo firmare».

«E no eh! Io voglio che Totò mi firmi questo, perché devi sapere che con questo pallone, con la mitica maglia del Jubilo Iwata, il grande Totò ha segnato tre goal a quei bastardi del Kashima.»

«Ok, va bene, ti faccio firmare questo» gli ho gesticolato pensando: ne compro uno uguale quando arrivo in Italia e questo lo butto via.

Poi ho continuato: «Ma cosa c'entra il contadino col pallone?».

«C'entra, perché venendo su parlavamo e lui si ricordava di te...»

Per forza che si ricordava, sarò stato un'ora a pregarlo di scendere un po' sul prezzo, ho pensato.

«... e insomma, mi ha detto se ci va di fare una partita, loro contro di noi.»

«Loro chi? Contro di noi chi?»

«I contadini contro di noi: io, te, e prendiamo cinque monaci, a sette.»

«Si vabbe', ma non sono io che devo decidere, se vuoi posso anche giocare, però bisogna chiedere al Maestro, vedere se i monaci ne hanno voglia...»

«Sì» mi ha interrotto lui, «è vero, ma il punto è che loro vogliono scommettere, e lì c'entri tu...»

«Cosa vorrebbe dire che c'entro io?»

«Il contadino dice che vogliono scommettere dodici bottiglie di vino del loro, che tra l'altro è buonissimo, lo conosco, è un Pigato che fa dodici gradi e mezzo...»

«Sì, vabbe' Pigato! Ora questi fanno il Pigato.»

«Certo, Pigato! Hanno dei vitigni di uve Pigato di primissima qualità, non ci credi, vuoi scommettere?»

«No, ci credo, va bene, fanno il Pigato, continua.»

«Ti dicevo... vogliono scommettere dodici bottiglie del loro vino contro...»

E si è fermato, non ha più gesticolato.

«Contro?»

«Ehm... contro la tua valigia.»

«La Samsonite?»

«Sì.»

«Ma voi siete matti! E dove la metto la roba quando torno in Italia?»

«Andrea! Ragiona, 'sti qui sono contadini, sono stato io a intortarlo, non sanno neppure cosa sia un pallone...»

«Perché i monaci invece sì!»

«Vabbe', ma bastiamo noi due, a questi la palla gliela faccio passare dietro le orecchie, non gliela faccio neppure vedere, da giovane ho giocato in serie B.»

Ci ho pensato un po' su, ci siamo consultati col Maestro che era d'accordo ma a condizione di fare l'arbitro perché dei contadini non si fidava, e abbiamo accettato la sfida. Alle tre, ora canonica, nel campetto che avremmo allestito per l'occasione davanti al monastero, se non altro giocavamo in casa.

Ho guardato l'orologio, era quasi mezzogiorno. Mi sono rivolto a Schillaci e gli ho detto:

«Ma ce la faranno a essere qui per le tre? Ora a questo gli ci vuole almeno un'ora e mezza per tornare giù, poi due ore, se non tre perché devono fare riposare gli asini, per venire di nuovo su, minimo arrivano alle quattro».

Schillaci si è rivolto verso il contadino e gli ha girato la domanda.

Il contadino ha fatto cenno di sì con la testa, poi ha tirato fuori da una tasca un cellulare satellitare di ultima generazione, un mostro di tecnologia con due antenne, ha telefonato, ha parlottato un po' e poi ha detto:

«Tutto ok, stanno partendo».

Abbiamo passato le tre ore che ci dividevano dall'incontro allestendo un bel campetto da sette e scegliendo i giocatori per la sfida.

Prima di tutto abbiamo fatto la selezione del portiere, se ne avessimo trovato uno che sapeva parare eravamo a posto: uno buono in porta, io a centrocampo, Schillaci in attacco, e l'ossatura della squadra era fatta, gli altri quattro potevano anche non giocare.

Su quattordici monaci, tre li abbiamo scartati subito perché pesavano cento chili. Mettevamo i monaci in porta e gli facevamo dei tiri. Ho subito notato che Schillaci aveva ottimi fondamentali e una castagna da far paura, io mi sentivo bene, era dai tempi dell'oratorio che non giocavo, ma quando facevamo le squadre, ero sempre il primo a essere scelto. Visione di gioco, tocco di prima, lancio lungo e precisione sotto porta erano le mie specialità. Non correvo molto ma a sette, e soprattutto a undici, mi piazzavo a centrocampo e distribuivo palloni. Insomma regista puro col vizio del goal.

Su undici che ne abbiamo testati, tre si buttavano dalla parte opposta, cinque stavano immobili, uno si tuffava come un gatto ma non ne prendeva una neppure per sbaglio, si tuffava così, tanto per tuffarsi, gli piaceva. Due qualcosa paravano. Uno era più mobile, parava di più, ma era debole di presa, l'altro era più statico ma era una tenaglia. Abbiamo optato per la tenaglia.

Poi siamo passati ai giocatori, ce ne servivano quattro.

Schillaci ha chiesto se qualcuno di loro avesse mai giocato e hanno alzato le mani in due. Uno lo abbiamo scartato perché non aveva capito che si doveva giocare a calcio e ci ha detto che era stato campione di curling. L'altro lo abbiamo scelto, se non altro sapeva le regole. Poi abbiamo preso uno dei tre di cento chili per la difesa, un altro, che ci pareva un po' più grintoso degli altri per aiutarlo dietro, e altri due, tra quelli più giovani e col fisico più prestante, di cui uno mancino, per l'attacco.

Una volta scelti i giocatori, il resto del tempo lo abbiamo impiegato per tattica e per un breve allenamento prepartita. La tattica consisteva soprattutto nello spiegare ai monaci (e anche all'arbitro naturalmente) le regole base. Poi, dopo aver fatto allontanare il contadino che fino ad allora aveva assistito alla selezione facendo smorfie sarcastiche, li ho chiamati tutti intorno a me e ho buttato giù un po' di schemi segnandoli sulla terra con una bacchetta di quelle che loro usano per mangiare. Infine, con l'aiuto del Maestro, ma anche gesticolando a Schillaci che traduceva in giapponese ai monaci, gli ho dato le dritte finali.

«Allora, statemi bene a sentire: tu che sei in porta, quando hai la palla, devi sempre darla a me, o a Schillaci, mai e per nessun motivo a uno di loro (e gli ho indicato i nostri), anche se te la chiedono. Hai

capito? Mi raccomando. Tu (e ho indicato il ciccione) stai sempre indietro e quando vedi arrivare qualcuno di loro ti ci piazzi davanti, stop, siamo intesi? Tu
(e ho indicato l'altro difensore, quello grintoso) aiu-
ti lui, se qualcuno lo passa, entri direttamente sulle
gambe, occhio soltanto se sei in area, o ultimo uomo,
anzi, anche se sei ultimo uomo (tanto, ho pensato, al
Maestro l'espulsione da ultimo uomo non gliel'ho
spiegata). Voi due fate un po' quello che vi pare,
l'importante è che tu ti metta a sinistra (e ho indicato il mancino) e tu a destra, e poi ogni volta che avete la palla, dico ogni volta che avete la palla! la passate subito a me o a Schillaci. Naturalmente se siete sotto porta e avete la palla buona tirate, non state lì a
menarvelo, chiudete gli occhi e tirate una puntata.
Un'ultima cosa, la più importante, non correte tutti
dietro al pallone, ognuno rimanga più o meno nel
posto che gli ho assegnato, ok? Avete capito tutto?»

Tutti hanno fatto cenno di sì con la testa, ridendo.

«Sicuro?»

Tutti hanno fatto cenno di sì con la testa, ridendo.

Non avevano capito un cazzo! Hanno sempre fatto il contrario di quello che gli avevo detto.

Alle tre meno dieci sono arrivati i contadini. In
moto, altro che far riposare gli asini. Due Honda CFR
da enduro, una Kawasaki e una Suzuki entrambe da
regolarità, una bestia di Husqvarna 500 da cross e
una Montesa da trial. Tranne quello con la Husqvarna, gli altri dietro si erano portati le donne. Dopo
qualche minuto è arrivato anche uno su un Quod
della Kymco con tutta la roba per cambiarsi e la sca-

tola col Pigato. Schillaci e io ci siamo guardati ester-refatti.

Si sono cambiati: scarpette da pallone leggere coi tacchetti, pantaloncini bianchi, maglia rossa con finiture gialle della Robe di Kappa con su scritto: Kawaguchi-ko Dream Team. Noi, tranne Schillaci che era vestito normale, eravamo in tunica.

«Alt, fermi tutti!» ho detto quando me li sono visti davanti così bardati, «e voi chi cazzo siete? Schillaci, traduci!»

Schillaci ha tradotto.

«Siamo la squadra di Kawaguchi-ko» ha risposto uno con la fascia da capitano, con la fascia da capitano! E Schillaci ha tradotto.

Mi sono rivolto verso Schillaci e gli ho detto: «Ok, chiama un po' quello della scommessa».

Schillaci lo ha chiamato.

«Digli: chi cazzo sono 'sti qua!»

Schillaci ha tradotto.

«Sono la squadra di Kawaguchi-ko» ha risposto il contadino e Schillaci ha tradotto.

«Ho capito! Ma non dovevamo giocare contro la squadra di Kawaguchi-ko, dovevamo giocare contro i contadini, diglielo!»

Schillaci glielo ha detto, il contadino ha parlato per cinque minuti tutto agitato e poi Schillaci ha tradotto:

«Dice che la sfida era "noi contro di loro" e che lui per *loro* intendeva la squadra di calcio che gioca in CI. Comunque dice che i migliori sono tutti stati convocati nella nazionale di serie C, questi praticamente sono le riserve».

«Bella consolazione. Digli che è uno stronzo, così se non l'aveva capito prima lo capisce adesso.»

Schillaci gli ha detto qualcosa e quello ha fatto due o tre inchini di ringraziamento. Per quanto i giapponesi siano gentili è impossibile che Schillaci gli abbia detto che era uno stronzo, d'altra parte anche lui, almeno un po', la volpe sotto l'ascella ce l'aveva.

Ci hanno seppellito di goal.

Innanzi tutto Schillaci non voleva giocare.

«Andrea» mi ha detto cinque minuti prima del calcio d'inizio, «ti dispiace se non gioco, non me la sento.»

«Come non te la senti? Che cazzo dici? Mi hai messo in questo casino e ora non te la senti, che vuol dire?»

«Il fatto è che questi hanno la maglia giallo rossa, come quella del Messina, la prima squadra di Totò, non me la sento di giocare contro quei colori.»

Non gli ho neppure risposto, gli ho preso il braccio e gliel'ho storto finché non mi ha detto: «Ahi ahi, gioco gioco». Gioco gioco me lo ha detto con l'altro braccio.

Appena ci siamo sistemati in campo, "loro", che tra l'altro erano tutti piuttosto grossi, si sono esibiti in una sorta di danza tribale simile a quella Maori che fanno i giocatori di rugby neozelandesi. I monaci li guardavano terrorizzati. Io ho guardato Schillaci, che mi ha gesticolato: «Tranquillo, è tutta scena» ma si capiva che era spaventato anche lui.

Calcio d'inizio: batto io, la do a Schillaci, scatto in

avanti per ricevere e Schillaci, quel deficiente, invece di ridarmela la passa a un monaco. Questo non se l'aspetta e gli finisce sotto la tonaca. Arriva come una furia uno di loro, gli alza la tonaca, devo dire con un gesto delicato, gli soffia la palla, la passa a un altro che si invola sulla destra, scarta il mancino come un birillo (che naturalmente non aveva capito un cazzo ed era andato subito dalla parte sbagliata), si accentra, fa una finta di corpo al ciccione, evita il grintoso che entra a gamba tesa ma fuori tempo, la passa a un altro, secondo me in netto fuorigioco, e questo la butta dentro. Contestazioni col Maestro che assegna il goal e, non avendo idea di cosa fosse il fuorigioco, non vuole sentire ragioni. Poi decidiamo che in ogni caso il fuori gioco non vale. Uno a zero, dopo sette secondi. Mentre rientriamo a centrocampo prendo il mancino per un braccio, lo tiro fin sulla fascia sinistra e gli dico, con Schillaci: «La vedi questa parte del campo? Tu devi stare qui, e correre avanti e indietro, siamo intesi! Semmai quando difendiamo ti accentri o se vedi che siamo coperti resti a centrocampo pronto a scattare in contropiede, ma non andare mai sulla destra altrimenti lasci la tua fascia scoperta, hai capito?». Mi fa cenno di sì. Dico la stessa cosa ma opposta a quell'altro che nel frattempo si era già piazzato a sinistra. Gli dico: «E tu cosa ci fai qua? Vai dall'altra parte, vai cammina! Smammare!». Smamma.

Loro, tra l'altro, picchiavano anche, e il Maestro li lasciava giocare, arbitrava all'inglese. Il primo tempo è finito sedici a zero. Tre cappelle del portiere (che non ha trattenuto), tre rigori ineccepibili perché il grintoso ne ha segati tre in area, due su punizione, e gli altri su azione, tutti imparabili. Alla fine del primo tempo abbiamo sfiorato il goal e il mancino ha sfiorato il linciaggio, da me: mischia all'ultimo sangue nella nostra area, batti e ribatti a non finire, loro prendono il palo e poi la traversa con la palla che ritorna sempre in campo, due volte respinge di corpo il ciccione sulla linea, sul terzo tiro Tenaglia vola plastico che sembra Zoff e la toglie miracolosamente dall'angolino, ma la palla va ancora sui piedi di uno di loro che sta per tirare dall'area piccola col portiere a terra, il grintoso lo butta giù senza tanti complimenti ma l'arbitro non vede perché è coperto, la palla resta lì, entro io come un fulmine e spazzo via con tutta la forza che ho. Siamo tutti nella nostra area di rigore tranne il mancino che staziona appena oltre la linea del centrocampo, ovviamente tutto spostato a destra. Parla con una donna del pubblico! Se la tacchina! In ogni caso è nel posto giusto al momento giusto perché la palla gli arriva sui piedi. Tra lui e la porta avversaria non c'è nessuno, e va bene così perché abbiamo detto che il fuorigioco non vale. Guardo il portiere: non c'è! Guardo meglio e vedo che sta facendo la pipì dietro una betulla, dieci metri lontano dal campo. Rimaniamo tutti fermi, interdetti, lo stadio ammutolisce. E il mancino cosa fa? Invece di dirigersi verso la loro area e tirare a porta vuota, oppure entrare direttamente in porta col pallone, attraversa il campo trasversalmente palla al piede e si porta sulla fascia sinistra. Nel frattempo, il loro portiere fa segno che non può smettere altrimenti si piscia nelle mutande. Tempo di uscire dallo sbigottimento e partiamo tutti, compreso l'arbitro. Il ciccione si piazza davanti a uno e lo stoppa, il grintoso tira una gomitata in faccia a un altro e lo stende, ma gli altri quattro corrono come missili, due verso la porta, due verso il mancino. Corriamo anche noi, ma un po' più lenti, anche per via di questi cazzo di sandali. Io grido: «Tira tira». Il mancino si gira e mi fa segno come dire "cosa?". Allora, sempre correndo, mentre il più veloce di loro è già a dieci metri, dico a Schillaci che è di fianco a me: «Digli di tirare a quel deficiente, cazzo!». Schillaci ansimando glielo grida, quello finalmente capisce, fa due passi indietro come per prendere la rincorsa e tira una ciofeca, ma una ciofeca che io una palla più lenta di così in vita mia non l'ho mai vista. Il portiere fa in tempo a finire di pisciare, scrollarsi, tirarsi su i pantaloncini, rientrare in porta e parare, o meglio, fermare la palla coi piedi sulla linea di porta, e poi passarla a uno di loro che se l'arbitro non fischia la fine del primo tempo becchiamo anche un goal in contropiede. Mentre rientriamo negli "spogliatoi", mi avvicino minaccioso al mancino e con Schillaci gli dico: «Mi spieghi cosa cazzo combini? Perché sei andato sulla fascia sinistra, non potevi andare dritto e tirare?». Quello risponde serafico, calmo come l'acqua di un lago, e Schillaci traduce: «Dice che tu gli hai detto di correre sempre avanti e indietro sulla fascia sinistra». Se non me lo leva da davanti, giuro che lo meno.

Eppure, nonostante tutto, specialmente nel secondo tempo ce la siamo cavata bene. Sono riusciti a segnare solo nove goal (ma sul diciotto a zero ci hanno un po' mollato) e ne abbiamo fatto uno pure noi, quello della bandiera, in zona Cesarini. Dopo il goal ci siamo esaltati come se avessimo vinto, e anche il pubblico era tutto dalla nostra parte, comprese le loro donne.

Il portiere ribatte lungo, la palla arriva a me ma stoppo male, uno di loro me la porta via, ma l'allunga troppo. Un monaco inspiegabilmente riesce a intercettarla e a ripassarmela. Io faccio fuori un uomo e poi un altro con un dribbling stretto sulla linea laterale. Davanti ho una prateria. Sembro cervo che esce da foresta. Arrivo fino quasi in fondo, alzo la testa, vedo Schillaci libero, e crosso. Schillaci si alza in cielo come un airone, la prende di fronte piena e la infila all'incrocio, imparabile. Poi si butta in ginocchio, alza le mani e strabuzza gli occhi come Schillaci quando ha fatto goal ai mondiali del '90. Identici, non sembrava neppure più un giapponese, sembrava proprio Schillaci. Torniamo a centrocampo con Schillaci che ciondola ondeggiando le braccia in alto e canta: «Notti magiche... inseguendo un goal...» Scopro con stupore che conosce altre tre parole in italiano, vabbe' due in italiano e una in inglese. Neppure il tempo di ribattere che il Maestro fischia la fine. Venticinque a uno e addio Samsonite.

Finita la partita, sono andato a svuotare del tutto la Samsonite e gliel'ho data al contadino. Era proprio per lui, aveva messo su questa mezza truffa perché voleva la mia Samsonite, il bastardo.

Mentre se la rigirava tutto goduto tra le mani ha detto qualcosa a Schillaci.

Schillaci si è rivolto verso di me e mi ha tradotto:

«Ehm, ambasciator non porta pena... ma ehm... il contadino ehm... dice se gli dài anche il trolley».

Mi sono voltato di scatto verso il contadino e l'ho guardato così male che s'è spaventato, ha fatto un passo indietro e poi s'è messo nella classica posizione di difesa del karate.

«Momento momento» ha gridato Schillaci.

«Mi ha detto che se gli dài il trolley, lui ti dà le bottiglie di Pigato.»

Il primo istinto è stato quello di prenderli a sberle, tutti e due, poi invece gliel'ho dato, il trolley, e mi sono preso il Pigato, tanto ormai senza valigia, trolley più o trolley meno era la stessa cosa, e avevo voglia di ubriacarmi.

La Kawaguchi-ko Dream Team se n'è andata, sgommando. I monaci, compreso il Maestro, sono spariti a meditare. Il contadino si è seduto sotto una betulla in adorazione delle valigie. Io e Schillaci, dopo esserci fatti una doccia gelata (i monaci non l'hanno fatta perché tanto non avevano neppure sudato), abbiamo aperto una bottiglia di Pigato, forse un po' troppo aromatica ma davvero buona, e ce la siamo scolata nel patio accompagnandola col pecorino sardo del Fuji. Bevendo e spiluccando, gli ho raccontato di questi giorni, del casino che mi era successo con la polizia e della buca che ero stato costretto a dare alla dottoressa Tsushima. Poi gli ho parlato della giovane monaca zen.

«Ti piace eh?» mi ha domandato, «da come ti brillano gli occhi ti deve piacere... ehm... un casino» neppure lui riusciva a gesticolare, «ti piace un casino.»

«Be' sì, però... non ci penso... e poi è una monaca... è ascetica» gli ho risposto.

«E che vuol dire?» ha gesticolato lui e poi ha concluso con una frase delle sue: «Se le sai prendere dal verso giusto le ascetiche ci stanno ancora più delle altre».

Schillaci è partito verso le sei perché doveva riuscire a prendere l'ultimo autobus per Tokyo. Si è fatto portare giù dal contadino in groppa all'asino. Ci siamo abbracciati, in fondo non era stata colpa sua, e passare un po' di tempo con lui mi aveva fatto piacere. Prima di andarsene ha tirato fuori dalla borsa cinque scatole di medicine, quelle che mi aveva prescritto Hayaschi, che aveva rubato dall'armadietto dei medicinali per me. L'ho ringraziato, anche perché alla fine poi non le avevo comprate, e mi stavo curando, malvolentieri, con delle cavallette in polvere da sciogliere nell'acqua e da prendere dopo i pasti perché altrimenti ti potevano dare qualche disturbo di stomaco, che mi aveva consigliato il Maestro dicendo che erano un toccasana per la prostata. Mi ha lasciato il pallone. Si è raccomandato ancora una volta che glielo facessi firmare da Schillaci. Quando era già sull'asino mi ha gesticolato che se ci fosse riuscito sarebbe venuto su per un week-end e mi avrebbe portato una valigia.

«Anche un trolley!» gli ho urlato in italiano e senza gesticolare. Mi ha fatto cenno di sì con la testa, di spalle, mentre già stava sparendo dietro alla linea degli alberi che delimitavano l'altipiano. Aveva capito senza neppure vedermi gesticolare, ormai ci intendevamo alla perfezione.

Dopo cena, sono andato nella mia stanzetta, ho preso foglio, penna, una bottiglia di Pigato, e ho scritto quasi per tutta la notte.

# Giovanna

## *Fermati Giovanna*

Giovanna è stata un'altra donna che in qualche modo ha segnato la mia formazione. Con Giovanna ci ho provato, davvero, ma non è andata. Forse Giovanna è stata l'unica vera fidanzata della mia vita, l'unica con la quale ho avuto un rapporto normale, e dopo un po' soffocante.

La conobbi in un negozio di alimentari fuori zona. Stavo tornando a casa dopo aver passato il pomeriggio da un "colpo di frusta" che era appena stata dimessa. Il marito, infortunatosi nello stesso incidente automobilistico, era ancora ricoverato. Ero andato a verificare le sue condizioni, un normale controllo di routine. Ero entrato in quel negozio per comprare qualcosa per la cena, visto che ormai erano le sette e non avrei fatto in tempo a trovare aperto il mio alimentari di fiducia. Dentro c'era solo una cliente e dopo qualche minuto entrò Giovanna. Rimasi folgorato, era uno schianto, forse una delle donne più belle che ho avuto: capelli biondi naturali, sottilissimi e raccolti in modo un po' confuso dietro la nuca, occhi chiari, solo un filo di trucco. Viso espressivo, bello, dai lineamenti dolci. Sembrava una svedese, infatti sua madre lo era. E poi un fisico... Indossava una tuta che doveva esserle costata come un vestito di Armani, scarpe da ginnastica supertecnologiche e aveva con sé una borsa da dove spuntavano i manici di tre racchette da tennis. Non uno, tre. I segnali inquietanti c'erano tutti.

Dopo Giovanna entrarono altre tre persone, questo perché la signora che era davanti a me stava comprando tutto il negozio.

Ci sono due categorie di persone che non sopporto quando vado a fare spese: quelle che scalpitano dietro di me (a cui peraltro appartengo quando sono dietro a qualcuno), e quelle davanti a me che si comprano tutto il negozio. Quel giorno ero tra due fuochi: Giovanna che scalpitava e la casalinga che faceva provviste come se stesse per scoppiare la terza guerra mondiale.

Tutti quanti aspettavamo innervositi che la casalinga dicesse «Basta così» e invece non lo diceva mai, e quando pareva che lo dicesse, si faceva venire in mente sempre qualcosa di nuovo che poi *giustificava*, cioè spiegava a tutti noi il motivo per cui la stava comprando, come se a qualcuno dentro a quel negozio potesse importargliene davvero qualcosa.

«Due scatole di acciughe... stasera quasi quasi faccio la pizza.»

«Desidera altro signora?»

«No direi di no... ah, meno male che mi sono ricordata: mezz'etto di capperi che se non ci metto i capperi chi lo sente mio marito.»

«Ecco i suoi capperi, basta così?»

«Sì direi di sì... anzi no... già che ha in macchina il prosciutto crudo me ne tagli un etto sottile sottile che se no il bambino non me lo mangia.»

«Ecco il prosciuttino sottile sottile per il bambino, le faccio il conto?»

«Sì, mi faccia pure il conto... pane non ne ha più, vero?»

«No, ma ho i toast, li vuole?»

*Non volerli, ti prego*, pensai.

«Ma sì, mi dia un pacco di toast, che se il piccolo non vuole la pizza almeno gli faccio un toast e se lo mangia davanti alla televisione... allora già che c'è mi dia anche le sottilette e un etto di prosciutto cotto... quello da meno, ma senza polifosfati mi raccomando» e girandosi verso di me, che le avrei dato due sberle, concluse: «Per i toast non vale la pena metterci quello più caro».

«A posto così?»

*Digli di sì, digli di sì.*

«Sì, però mi dia anche una lattina di Coca Cola, per la pizza sa... anzi no, ce l'ha la bottiglia da un litro e mezzo?»

«Certo, guardi è sullo scaffale dietro di lei, la prenda pure.»

La casalinga si girò ma non la vedeva, scrutava ottusamente tutto lo scaffale.

«È lì guardi» intervenni io indicandola, «gliela prendo.»

Gliela porsi, anche se l'istinto era quello di dargliela in testa.

«Grazie, non si doveva disturbare.»

«Ma si figuri.»

«Allora già che c'è me ne può prendere un'altra? però light, per mio marito che preferisco se la beve light... è a dieta, mi sembra che sia nel ripiano di sopra e mi sa che non ci arrivo, sono piccolina, eh eh.»

Sbuffai impercettibilmente e gliene presi un'altra, light.

Poi, finalmente, pagò cercando gli spiccioli nella borsetta con lentezza e meticolosità esasperante, salutò tutti, e se ne andò.

«A chi tocca?»

Alzai un dito e dissi: «A me» e Giovanna, che ormai stava per avere un attacco di panico, mi chiese supplicante:

«Scusa, mi faresti passare, ho una fretta terribile, tanto mi serve solo una cosa».

«Anch'io volevo solo una cosa» dissi sorridendo, «comunque prego, fai pure.»

«Grazie, una scatola d'acciughe.»

«Mi dispiace, ma le acciughe le ho finite, le ultime due scatole le ha prese quella signora di prima, provi alla drogheria qui vicino.»

Giovanna allargò le braccia, sospirò, mi guardò con un'espressione complice, scosse la testa sconsolata e uscì dal negozio. Io naturalmente la seguii.

«Volevo anch'io una scatola di acciughe» le dissi affiancandola.

Ci avviammo verso la drogheria, che non era poi così vicino, mentre io la facevo ridere imitando la casalinga di prima. Entrammo dal droghiere e chi ci trovammo che si stava comprando tutta la drogheria?

La conobbi così. Ci piacemmo subito, la invitai a

cena, mi disse che non poteva perché doveva andare a giocare a tennis. Ci vedemmo il giorno dopo, e il giorno dopo ancora, il terzo stavamo già insieme. Lei a casa sua e io a casa mia, naturalmente, ma eravamo come dire... già fidanzati. La nostra storia durò otto mesi. Dopo otto giorni, cioè dopo aver fatto l'amore la prima volta e giocato a tennis la seconda, volevo già scappare, ma resistetti. Avevo ventisette anni e già da quattro non avevo avuto storie che durassero più di qualche giorno, però ero un po' diverso da oggi, un po' più tranquillo, un po' meno ossessionato dal cambiamento. E Giovanna era bellissima, era un piacere solo guardarla. Ho voluto provarci, fidanzarmi, resistere alla noia. In effetti, con Giovanna non è che ci si potesse annoiare. Lei era una ragazza che aveva fatto dell'attivismo esasperato il filo conduttore della propria vita. Non so quali ansie nascondesse questa sua esuberanza, ma so che andava sempre di corsa, anche quando non c'era fretta.

Giovanna era all'ultimo anno di biologia, in regola con gli esami, aveva già quasi finito la tesi (sperimentale) e non si sarebbe accontentata di laurearsi con meno di centodieci. Giocava a tennis, a squash, faceva equitazione, jogging e tutti gli sport che le capitavano a tiro. I primi tempi furono molto duri perché io, come da copione, le avevo fatto credere di essere un patito dello sport. Ma nel giro di qualche settimana, quando ormai ci conoscevamo meglio, non avendo più niente da dimostrare, lo sport lo facevo fare a lei. Devo ammettere che, fortunatamente, dopo qualche deciso tentativo di convincermi a partecipare alle sue follie sportive, Giovanna non insistette più. Il perché è presto detto: Giovanna diceva e credeva di volere accanto a lei un uomo dinamico e sportivo, e in qualche modo lo pretendeva, ma sotto sotto, ne cercava uno arrendevole che gratificasse il suo desiderio di dominio, di emancipazione, di emulazione maschile. A lei fondamentalmente non interessava un uomo che la trascinasse, ma tutt'al più da trascinare. Essere trascinato da questa furia umana incontenibile, tuttavia, era ugualmente faticoso, con un unico grande vantaggio, quello che, a pensarci ora, mi permise di resistere i fatidici otto mesi: finalmente avevo trovato una donna organizzata e organizzatrice. Non dovevo preoccuparmi di niente, era lei che decideva dove andare, cosa fare, con chi vederci. Programmava uscite serali, sceglieva il bar per l'aperitivo, il ristorante, il locale del dopo cena. Organizzava attività sportive a cui non partecipavo quasi mai ma, ahimè, ero costretto ad accompagnarla. L'ho guardata giocare a tennis, volare su un aliante, scendere dalle rapide di un torrente di montagna. L'ho guardata sciare, arrampicarsi, immergersi con le bombole. Io di solito mi trovavo un posto comodo, se potevo mi sdraiavo e aspettavo che lei atterrasse o emergesse. L'unico impegno che avevo era di salutarla quando mi sfrecciava davanti.

Un'altra caratteristica inquietante di Giovanna, era quella di essere a metà strada tra una donna moderna e una antica: era decisa, intraprendente, autonoma, ma nello stesso tempo insicura, dipendente, fragile. Emancipata da un lato e bisognosa di protezione dall'altro. Io, come tutti gli uomini che hanno la sfortuna di avere a che fare con donne così, mi barcamenavo tra queste due nature, cercando di subire meno danni possibile.

Agli inizi di settembre andammo in vacanza insieme in un villaggio Méditerranée, in Puglia. Giovanna praticò tutti gli sport possibili, dal tiro con l'arco al tiro alla fune, dal torneo di beach volley a quello di calciobalilla. Io, invece, me ne stavo quasi sempre sdraiato sotto l'ombrellone a bere daiquiri e a buttare l'occhio sulle altre donne della spiaggia. Gli unici momenti in cui Giovanna stava ferma era quando prendeva il sole, allora sì che non si muoveva. Se ne stava immobile a sudare sotto la canicola, proprio il contrario di me che se decido di prendere il sole dopo le nove del mattino e prima delle sei di sera, dopo un minuto soffro come un cane e mi rigiro finché non me ne torno all'ombra.

Il bagno, poi, era un momento drammatico. A me piace fare il bagno, intendiamoci, ma dopo una rapida nuotatina, mi piace farmi cullare dall'acqua, possibilmente dove si tocca, e mi guardo intorno. Invece lei pretendeva che andassimo ogni volta a fare «una bella nuotata al largo» e magari anche «una gara», così mi batteva.

Naturalmente, quando gli animatori avevano bisogno di qualcuno da coinvolgere per quei giochi demenziali che sono soliti organizzare venivano subito da noi, cioè da lei, perché quando arrivavano loro io dormivo e se non dormivo facevo finta di dormire.

Le feste di Natale le trascorremmo in montagna, in un villaggio Valtur. Giovanna sciava che pareva non avesse fatto altro nella vita; io, invece, non è che sia questo gran sciatore. Me la cavo, perché lo sci è uno di quegli sport che *vengono bene,* ma nulla di più, anzi se devo essere sincero ho sempre trovato insopportabile sciare, con gli scarponi, i ganci da attaccare, gli sci da trascinarsi dietro, le calzamaglie da indossare, il freddo sulle seggiovie... brrr, mi vengono i brividi solo a pensarci. Fortunatamente, il primo giorno, grazie a una rovinosa caduta, mi slogai una caviglia che la mattina dopo si gonfiò come un melone e così, con buona pace di Giovanna (e soprattutto mia), non sciai più per tutta la settimana. In ogni caso, lei alle nove era già sulle piste, mentre io rimanevo a letto fino alle undici con la mia bella caviglia dolente. Poi mi alzavo, facevo una megacolazione e prendevo il sole. Mi fiondavo su una sdraio a leggere il giornale fino a che il sole non se ne andava, e se il sole non c'era bighellonavo zoppicando per il paese, verso l'una mangiucchiavo qualcosa, poi andavo a farmi una pennichella e infine scendevo al bar ad aspettare Giovanna davanti a un Negroni.

Giovanna rientrava alle cinque, si faceva la doccia, si preparava e finalmente scendeva giù al bar dove io l'aspettavo, buttando l'occhio qua e là. All'inizio gli animatori, tutti uomini, mi salutavano, perché nei villaggi Valtur gli animatori hanno questa mania di salutarti, ma poi, visto che io rispondevo sempre con un cupo grugnito, avevano smesso. L'ultimo che mi salutò lo fece il mercoledì, da giovedì in poi non mi salutò più nessuno. Appena arrivava lei, invece, dopo un minuto arrivavano tutti, uno più scemo dell'altro a dire una stupidaggine dietro l'altra. D'altra parte erano discorsi dai quali io, naturalmente, ero tagliato fuori perché parlavano esclusivamente di sci estremo, di snowboard acrobatico, o di com'era bella la neve. La sera, dopo aver cenato sempre con gente diversa in tavoli da otto dove si sedeva chi voleva e finiva per parlare solo con lei, andavamo di nuovo al bar – ma lei era sempre coinvolta nell'organizzazione di qualcosa – e poi scendevamo in discoteca a ballare. Io non ballavo, facevo quello con la caviglia gonfia che non balla, un genere di uomo che piace molto alle donne. Intendo dire l'uomo che non balla, non quello con la caviglia gonfia, anche se la caviglia gonfia, soprattutto in montagna, ha il suo fascino.

Nei giorni feriali, ci vedevamo quasi sempre la sera: io di giorno lavoravo, e lei doveva studiare.

Quando ci vedevamo, mi trascinava quasi sempre in qualche locale oppure restavamo a casa mia a fare l'amore.

Fortunatamente Giovanna aveva un'amica del cuore, una certa Valeria Gabrielli, una molto sportiva ma in un altro senso. Negli otto mesi che sono stato con Giovanna la vidi con otto uomini diversi, che sarebbe perfino una cosa normale, se non fosse che io in otto mesi la vidi otto volte. A me questa Valeria era decisamente antipatica, tuttavia devo ammettere che la loro saldissima amicizia mi aveva salvato più di una volta da uscite serali indesiderate o da improbabili gite verso ponti da cui saltare con un elastico legato ai piedi o aeroporti da cui prendere il volo per poi gettarsi col paracadute.

Giovanna e Valeria si vedevano spesso, facevano sport insieme e almeno due sere la settimana uscivano "loro due" o con un altro gruppetto di "sole donne".

Il giorno critico, però, è sempre stato la domenica, perché solitamente Giovanna il sabato veniva a dormire da me e così ci ritrovavamo la domenica mattina con tutta una giornata da trascorrere insieme. Difficilmente la trascorrevamo come avrei voluto io, cioè a casa, quasi sempre mi obbligava a seguirla da qualche parte.

Il giorno che realizzai definitivamente che non ne potevo più, fu proprio una domenica. Quello che successe quella domenica fu la goccia che fece traboccare il vaso, anche se poi il vaso si ruppe la domenica successiva. Ormai era da un pezzo che il vaso era pieno, la traumatica esperienza della vacanza al villaggio Valtur l'aveva riempito quasi del tutto e io incominciavo a sospettare seriamente che forse Giovanna non facesse per me, sentivo di nuovo la voce del demone che stranamente fino ad allora si era assopita.

Pioveva, e io dormivo, o per lo meno tentavo di farlo, perché Giovanna cantava. Saranno state le otto del mattino e lei, sotto la doccia, cantava.

La sentivo trafficare in cucina, sapevo che stava preparando la colazione per portarmela a letto. È bello fare colazione a letto, specialmente se ti viene servita. Sarebbe più bello, però, farla da svegli.

«Non volevo svegliarti» cinguettò entrando nella stanza, «ma non potevo aspettare, ho pensato una cosa.»

Un brivido di terrore mi scese lungo la schiena.

La sera prima le previsioni davano pioggia ma non erano troppo convinte. In ogni caso avevamo deciso che se avesse piovuto, almeno quella domenica, dopo infinite domeniche trascorse in giro per il mondo, saremmo rimasti tutto il giorno a casa. Eravamo reduci da una domenica passata sul deltaplano e quella volta Giovanna aveva preteso che provassi anch'io, con l'istruttore naturalmente.

Era stata un'esperienza traumatizzante, inutile e costosa, oltretutto l'istruttore era uno che si sentiva pazzesco perché faceva l'istruttore di deltaplano e mi trattava come un bambino dell'asilo. Ricordo che stetti tre ore in aria appicciato a uno che mi stava sulle palle in tutti i sensi, con la paura costante di precipitare, e quando atterrammo lo dovetti anche pagare.

Fortunatamente pioveva. Da come sentivo la pioggia ticchettare sui vetri, non pioveva forte, purtroppo. Io speravo in una di quelle giornate di piogge alluvionali, perché avevo come un presentimento che, nonostante i patti, non l'avrei scampata neppure quella volta.

Ricordo che Giovanna, entrando nella stanza, accese la luce e aprì le finestre e io non sopporto chi entra nella stanza dove sto dormendo e accende la luce e apre le finestre, magari dicendo che occorre far entrare aria fresca. Ma lei non lo disse.

Si sedette sulla sponda del letto e mi baciò dolcemente. Sorrisi. Che altro potevo fare? Brioche, caffè, latte, spremuta d'arancia, ogni tipo di marmellate, perfino lo yogurt, come si può non sorridere?

Lei mi baciò di nuovo, bisbigliò «Fammi entrare» si infilò sotto le coperte e disse stringendosi a me: «Brrr, che freddo».

«Potresti chiudere le finestre» risposi.

«No, è meglio di no, così entra un po' d'aria fresca.»

Già questo fatto di fare colazione a letto con una che ti sta così appicciata che se non stai attento rovesci il caffè e tutto il resto e ti guarda mangiare con occhi estasiati, deliziata dal fatto che stai gustando le presunte prelibatezze che ha preparato con le sue manine, non è che sia un'esperienza indimenticabile.

Fare colazione a letto è bello, lo confermo, io sono un teorico della colazione a letto, ma è un'operazione da eseguire con la massima cautela data la precarietà degli elementi del sistema.

Troppi fattori in gioco: la morbidezza del materasso, l'inclinazione del piano del vassoio in base ai pur minimi movimenti delle gambe, la fluttuazione dei liquidi dentro le tazze o i bicchieri, il controllo della goccia che la forza di gravità irresistibilmente attrae verso il letto nel tragitto che il biscotto, o peggio ancora la brioche, compie dal caffelatte alla bocca; per non parlare poi delle immancabili briciole, specialmente quelle da fetta biscottata, che una volta cadute sul letto si moltiplicano all'infinito, cambiano la loro struttura molecolare e diventano sabbia. Impossibile tirarle via senza sbattere il lenzuolo, e per farlo occorre essere in due, ognuno da un lembo, e scrollare con vigore almeno sei volte. Fatica improba che annulla del tutto la piacevolezza della colazione. Figuriamoci quindi se una variabile esterna interagisce col sistema, specialmente se questa variabile è viva e si muove inesperta e con incontenibili slanci d'affetto. Figuriamoci poi se parla e parlando comunica notizie sconvolgenti.

«Sai cosa ho pensato?» disse Giovanna spizzicando una brioche (non sopporto chi spizzica le brioche).

«No» risposi temendo il peggio.

«Ho pensato che potremmo andare a Viareggio, al mare.»

«A Viareggio? Tu sei matta, ci sarà tutto il casino del carnevale.»

«Ma no, il carnevale era due domeniche fa.»

«Magari dura quindici giorni.»

«Guarda che ti ho detto Viareggio, non Rio de Janeiro.»

«Ok non c'è il carnevale, ma lo sai che saranno almeno centocinquanta chilometri da qui a Viareggio, e poi al mare, cosa ci andiamo a fare al mare con 'sto freddo, che piove?... Scusa eh... ma non avevamo detto che se pioveva saremmo restati a casa?»

«A casa? Ma guarda che pioviggina appena, sono certa che tra poco esce il sole. Se tu, invece di stare spalmato nel letto, guardassi dalla finestra vedresti che a ponente comincia a schiarire.»

«Sì, peccato che noi andiamo a levante.»

«Cosa facciamo tutto il giorno a casa?» insistette lei facendo finta di non capire, «vuoi mettere il mare d'inverno? Non c'è nessuno, cielo grigio, profumo di salsedine come si può sentire soltanto al mare d'inverno. Sarà una giornata indimenticabile.»

«Sì, al mare d'inverno, così io faccio Enrico Ruggeri e tu Loredana Bertè... *Mare mare, ma non viene mai nessuno a trascinarti via?* Canticchiai nella mia testa, e poi a me il profumo di salsedine, come lo chiami tu, mi fa vomitare. Puzza, freddo e pioggia, sai che giornata indimenticabile. Lo credo che non c'è nessuno, chi vuoi che ci vada a febbraio al mare?»

«Appunto, ci andiamo noi, pratichiamo una volta tanto soluzioni alternative.»

«Restare a casa mi sembra una soluzione alternativa, sono otto mesi che usciamo.»

«Ascoltami, apri bene le orecchie: voglio andare al mare, ok? Tra l'altro mi hanno parlato di un maneggio che affitta i cavalli per fare delle bellissime galoppate sulla spiaggia, pensa che meraviglia.»

«Sai che meraviglia... galoppare sulla spiaggia, e poi guarda che non sei mica in California, a Viareggio non ti fanno galoppare sulla spiaggia.»

«Io dico di sì, scommettiamo?»

«Ma per favore, lo sapevo che c'era di mezzo qualche sport estremo, galoppa tu se ci tieni, ma non oggi.»

«Andare a cavallo secondo te è uno sport estremo?»

«Per me sì.»

«Ma scusa, non mi avevi detto che sapevi andare benissimo a cavallo?»

«Io benissimo a cavallo? L'unico cavallo su cui sono salito è stato quello a dondolo, vent'anni fa, anzi di più.»

«Guarda che una volta, all'inizio, mi ricordo che mi hai detto che hai imparato ad andare a cavallo fin da piccolo.»

«Se dài retta a quello che ti ho detto all'inizio... ti ho detto anche che amavo praticare tutti gli sport. E comunque è vero, te l'ho detto e lo confermo, da piccolo ho imparato ad andare a cavallo, cioè sul cavallo... a dondolo, dondolavo perfettamente. Si vede che quel giorno mi ero dimenticato di specificare.» Erano passati quasi otto mesi, non ne potevo più, ormai avevo sbracato.

«Ok, t'insegno io, semmai andiamo al passo.»

«Ma non se ne può proprio fare a meno?»

«No, e poi da quelle parti conosco un ristorantino sulla spiaggia dove fanno una grigliata da urlo, ci facciamo una bella cavalcata e poi ti porto a mangiare la grigliata di pesce più buona della tua vita.»

«Ascolta Giovanna, oggi è il 27 febbraio, quel ristorante sarà chiuso o sarà l'unico aperto e quindi pieno di gente, di Viareggio naturalmente, perché nessuno al mondo che non sia di Viareggio va a Viareggio in una giornata come questa.»

«Facciamo così. Telefoniamo, faccio il dodici perché non ho il numero dietro. Se è aperto e hanno posto andiamo, altrimenti restiamo a casa e rinuncio al cavallo.»

Non mi diede il tempo di rispondere, fece il dodici e telefonò.

L'attesa fu un tormento, il telefono squillava, udivo lontano e fioco il segnale di libero. Una, due, tre volte, alla quarta incominciavo a sperare, al quinto suono tirai un sospiro di sollievo. Se al quinto squillo non risponde nessuno, vuol dire che non c'è nessuno. Questa è statistica. Ricordo che in quel periodo Fabrizio Frizzi faceva un gioco in televisione: ti telefonava a casa e se rispondevi, solo per il fatto che rispondevi ti dava dei soldi, se poi gli dicevi che stavi guardando la sua trasmissione te ne dava ancora di più, però dovevi rispondere entro il quinto squillo, perché altrimenti voleva dire che non eri a casa. Infatti, tutti rispondevano al terzo o al massimo al quarto squillo, solo pochissimi rispondevano al quinto. E quell'unica volta che un povero cristo rispose al sesto squillo, Frizzi non gli diede una lira dicendogli che non era in casa, cioè che "statisticamente" non era in casa.

Giovanna, comunque, insisteva cocciuta, e infatti al settimo squillo qualcuno rispose.

«Pronto, meno male, siete aperti?» chiese trepida.

Mentre pronunciava quelle terribili parole, non so come ma una certa speranza ancora mi sorreggeva. Immaginavo un locale in disarmo e pensavo che a rispondere fosse stata la donna delle pulizie.

Le donne delle pulizie rispondono sempre al settimo squillo. Conosco le donne delle pulizie, fortunatamente vivo solo e in casa non muovo un dito, ho bisogno di loro, ne ho anche castigata qualcuna, poche, perché poi ero costretto a licenziarle e se erano brave a pulire la casa mi dispiaceva.

La dinamica degli eventi tra lo squillo del telefono e la risposta della donna delle pulizie si svolge più o meno così: i primi tre squilli non li sentono perché hanno l'aspirapolvere acceso, il quarto lo sentono, spengono l'aspirapolvere e lo posano, intanto il telefono squilla. Il sesto squillo lo perdono cercando il telefono più vicino, che non trovano mai, poi rispondono con quella voce da donna delle pulizie al settimo squillo, dal telefono più lontano.

Purtroppo non era la donna delle pulizie.

«Per fortuna, temevo che foste chiusi, avete un tavolo per due?»

Ancora una mite speranza mi sosteneva, e infatti non avevano un tavolo per due. Ma Giovanna iniziò a pregare quel tizio inventando le balle più assurde, dicendo che eravamo già in viaggio e che la nostra massima aspirazione sarebbe stata quella di mangiare nel loro ristorante, che come da loro il pesce non si mangiava da nessuna parte e un'altra serie di idiozie che avevano come unico scopo quello di gratificare il padrone a tal punto che non potesse dirle di no.

E infatti il padrone, non so se più avido o narcisista, dopo cinque minuti di complimenti cedette. Si accordarono sul fatto che eventualmente avremmo pranzato in veranda, che era riparata.

Giovanna chiuse il telefono e tutta pimpante disse: «È andata, mi dispiace, ma i patti sono patti».

«Un momento, io non ho fatto nessun patto, hai fatto tutto tu» risposi con scarsa convinzione.

Tentai la carta del sesso. Erano già le nove e mezzo, se mi diceva bene potevamo tirarla fino alle undici e mezza e poi sarebbe stato troppo tardi. La presi molto alla larga. Mi soffermai sul bacio iniziale per non so quanto tempo e poi iniziai con un petting atipico, del tipo "scopri le zone erogene meno frequentate". Come dicevo, però, Giovanna era una che andava veloce, io feci tutto il possibile per resistere, ma ero giovane... insomma, neppure un'ora dopo eravamo già in macchina, in autostrada, direzione Viareggio. Pioveva a dirotto, Giovanna parlava parlava parlava e io sorridevo. Che altro potevo fare?

Per fortuna che una volta arrivati a Viareggio, Dio mi dimostrò inequivocabilmente la sua esistenza facendo sì che il maneggio fosse chiuso per il contemporaneo stato influenzale dei due titolari. Per il resto che dire... piovve tutto il giorno, lei parlò tutto il giorno, mangiammo in veranda al freddo, la grigliata era da urlo soltanto per il conto che naturalmente pagai io, perché Giovanna, essendo a metà tra donna moderna e antica, quando si trattava di pagare era la metà antica.

Il sabato successivo Giovanna non era venuta a dormire da me perché si vedeva con Valeria e con tutto il suo gruppetto di "sole donne".

Anche quella domenica pioveva, appena appena ma pioveva. Saranno state le nove del mattino quando squillò il telefono.

«Dormivi?»

«No, scherzi, sono sveglio dalle sei... certo che dormivo, che ora è? L'alba?»

«Oh scusa, comunque sono già le nove, non è mica tanto presto... ti va di venire a fare un po' di jogging? Sai, da sola mi mette tristezza, e poi ci sono un mucchio di deficienti che se vedono una da sola ti si appiccicano dietro e non ti mollano più.»

«No, non mi va.»

«Ascolta, ti prego, ho voglia di correre un po' che ieri sera sono andata a cena con le ragazze e abbiamo mangiato come delle maiale, solo un'oretta, cosa ti costa, dài, e poi ce ne torniamo a casa, ti preparo qualcosa di buono e ti giuro che non ti chiedo di andare da nessuna parte.»

«Sicuro? Me lo prometti?»

«Giuro.»

Era un sentiero fatto apposta per il jogging, a Righi, sulle alture della città, ricordo che girai mezz'ora per trovarlo, perché io in un sentiero dove si fa jogging non ci avevo mai messo piede.

Il sentiero era stretto e lei correva davanti a me che cercavo di tenere il suo passo. A poco a poco cominciò a guadagnare terreno, dieci metri, non di più.

«Ehi, Giovanna, rallenta un po'» le dissi con un filo di voce e ansimando.

Lei mi fece cenno di no col dito e senza nemmeno girarsi mi urlò: «Accelera tu».

Dopo qualche chilometro di quella follia mi fermai, ero solo un po' stanco. Lei aveva guadagnato altri dieci metri, correva leggera e fluida con quelle scarpe da tennis uscite dal futuro.

La chiamai ancora: «Giovanna... Fermati, Giovanna» ma lei niente, era già lontana. Così, sudato e bagnato, seduto su una roccia viscida e fangosa la guardai mentre si allontanava. Atletica e nikeizzata.

*Ora riparto e la raggiungo, pensai, riprendo fiato e riparto. Ora riparto, riprendo fiato, e riparto. Ora riparto, riprendo fiato, e riparto. Ora riparto, riprendo fiato, e riparto. Ora riparto, riprendo fiato, e riparto. Ora riparto, riprendo fiato, e riparto. Ora riparto, riprendo fiato, e riparto. Ora riparto, riprendo fiato, e riparto. Ora riparto, riprendo fiato, e riparto...*

# Alice

## *La mania della pesca*

Dopo questa faticosa storia d'amore, decisi che non ero il tipo che poteva fidanzarsi e rimasi sette anni da solo. Furono gli anni più proficui della mia vita, e fu in quel periodo che, grazie all'invenzione del cellulare elaborai la nota tecnica, per sbolognare le donne dopo l'amplesso, di chiamarmi di nascosto dal cellulare sul fisso di casa facendo finta di ricevere notizie drammatiche sulla salute di mia mamma e di dover correre all'ospedale. E allora mi rivestivo in fretta, chiamavo urgentemente un taxi che le riportasse a casa (l'ospedale era sempre quello nella direzione opposta a dove abitavano), e poi appena uscite mi rispogliavo e me ne andavo a dormire beato, e solo. Contai in sette anni circa duecentocinquanta ricoveri, mica pochi no? Eppure ebbi anch'io la crisi del settimo anno, a trentacinque anni, infatti, ebbi la storia d'amore più lunga della mia vita dopo quella con Nina, e addirittura andai a convivere con una donna. Conobbi Alice al Mercato Orientale, mi spiegò la ricetta del roast beef, in piedi, davanti a una macelleria.

Andare a convivere fu un errore, lo so, ma da

quando mi ero lasciato con Giovanna era stato soltanto un continuo infinito di avventure di una notte, volevo provare di nuovo a fermarmi, ad avere una donna che la sera, quando tornavo a casa, cucinasse per me. Non sapevo ancora che il mio demone non me lo avrebbe permesso.

Non stetti con lei per amore, non ho mai provato questo sentimento di cui tutti parlano, però posso dire che Alice fu una donna particolarmente importante per me, se non altro perché fu l'unica con cui convissi. Perché? Perché lo feci? Me lo chiedo ancora oggi. Certo, in quel periodo avevo avuto lo sfratto, entro tre mesi avrei dovuto lasciare il mio appartamento, però chissà, forse non fu solo per quello. Forse lo feci perché Alice era la classica donna che trovava la sua massima gratificazione nell'accudire un uomo, e io, dopo tanto tempo di vita solitaria, sentivo il bisogno di essere accudito. Mi lavava le mutande, mi stirava le camicie, mi preparava manicaretti incredibili. Ordinava il mio disordine e lo faceva con compiaciuta lamentosità.

Alice aveva sette anni più di me, era di origini piemontesi, di sani principi morali, molto dolce, casalinga irreprensibile, tutta dedita alla casa e ai figli (due, uno di cinque e l'altro di sette anni). Era vedova. Il marito, un geometra, era morto quattro anni prima stroncato da un infarto, lei aveva una bella pensione di reversibilità.

Che Alice avesse già due figli piccoli mi andava benissimo, anzi, insieme al fatto che aveva una bella casa e che era una gran cuoca, quello fu uno dei motivi per cui andai a conviverci, così almeno non correvo il rischio che ne volesse da me, di figli.

Durò un anno, e fu lei a lasciarmi perché scoprì che la tradivo, era più forte di me, ero ancora più attivo di quando ero solo, durante quell'anno la tradii tante di quelle volte, che potrei scrivere un manuale sulle tecniche di adulterio. Anzi, proprio in quel periodo mi ero messo in testa di scriverlo davvero, buttavo giù appunti, poi ho piantato lì, ma sarebbe stato un bestseller. È incredibile come, a quei tempi, mettessi la stessa dedizione meticolosa per fare le corna ad Alice e non farmi scoprire che metto oggi per conquistare una donna, mica per non farmi scoprire, ma per il gusto di *non* farmi scoprire. Eppure, un giorno, mi scoprì.

Per Alice il sesso era un optional, lei non era per questo genere di cose. A lei interessava un uomo che la proteggesse, che facesse da padre ai suoi figli. Ancora una volta mi adeguai, anche se, devo dire, come padre non ero un granché. Non mi ricordo neppure il nome di quei due, ma tutte le volte che potevo li portavo ai giardinetti, e questo le bastava, così almeno se li toglieva dai piedi per qualche ora. A me piaceva portarli ai giardinetti perché i giardinetti sono un posto di gran movimento. Ma se ci vai da solo le mamme ti prendono per un pedofilo, coi figli, o presunti tali, invece, sei a posto. Quando vedevo una mamma che mi piaceva, spedivo i miei bambini a giocare col suo, ed era cosa fatta. Due discorsi sul gravoso impegno dei figli, qualche commento su malattie, asili, pediatri e tipo di pannolini migliori, su cui io mi ero preparato perfettamente, e la mamma in questione, ammirata per la mia sincera dedizione paterna al contrario di suo marito che pensava solo al lavoro, finiva che, figli o non figli, trovava il modo di sbolognarli alla suocera...

In quel periodo, tra le altre, avevo anche l'amante fissa, una certa Laura Salemi. Non so perché, ma col fatto che avevo una donna fissa riuscivo anche ad avere un'amante. Mah, vai a capire cosa c'è dentro la testa di un uomo. Ora che sono solo, se fosse per me, non andrei mai più di una volta con la stessa donna e quando convivevo andavo a letto continuativamente con due donne diverse (con Alice "continuativamente" significava una volta al mese, anche meno, giusto per togliersi il dente).

Il marito di Laura faceva il turno di notte, era un operaio di fonderia. Il problema era che le uniche ore buone per infilarmi tra le sue coperte, di fatto, erano tra le cinque e le sette del mattino. Di giorno il marito era quasi sempre a casa, e di sera per me non era facile uscire trovando delle scuse credibili, e comunque il tipo iniziava il suo turno a mezzanotte e prima di quell'ora, non se ne parlava nemmeno.

Allora andavo a pescare.

Mi era venuta la mania della pesca e non sapevo resistere. Mettevo la sveglia alle quattro e mi bardavo da vero pescatore: stivaloni, cerate, pantaloni mille tasche e tutto il resto, mi armavo di due canne, una fissa e una a mulinello, toglievo dal frigo i vermi acquistati la sera prima e uscivo assonnato da casa. Alice, sentendomi trafficare in cucina, ogni tanto si svegliava:

«Vai a pescare anche oggi?».

«E be', sì cara, ieri un mio amico ha preso tre bei cefali, è un periodo che ci danno.»

«Con chi vai?»

«Da solo.» Sempre meglio non prestare il fianco a eventuali controlli.

«Quando torni?»

«Alle otto al massimo sono a casa, due orette di pesca, dalle cinque alle sette, che sono le ore migliori, poi vengo a fare colazione con te e i bambini. Compro le brioche.»

«Che voglia andare a pescare con questo freddo.»

«La passione, Alice, non puoi capire. Una volta potresti venire con me.» La invitavo perché sapevo che non sarebbe venuta nemmeno per tutto l'oro del mondo.

«Nemmeno per un miliardo.» Vabbe', un miliardo o tutto l'oro del mondo era la stessa cosa, tanto nessuno le avrebbe dato niente.

«Dormi ora, cara, ci vediamo più tardi.»

Uscivo, prendevo la macchina, andavo da Laura Salemi, facevo quello che dovevo fare, mi rivestivo da pescatore e mi avviavo verso il mercato del pesce, non prima di essermi spruzzato un po' d'acqua di mare sulla cerata (ma solo quando c'era mare grosso). L'acqua di mare la tenevo nel portabagagli della macchina, in uno spruzzino di quelli che usano le donne quando prendono il sole.

Al mercato compravo tre o quattro pesci, bughe, cefali, saraghi, raramente qualche orata o una bella spigoletta, poi mi facevo regalare dal pescivendolo, che ormai mi conosceva bene, due o tre cozze per i bambini e, quando c'erano, un etto di lumache di mare che ovviamente dicevo di aver staccato con le mie mani dagli scogli.

Ogni tanto, in verità, specialmente quando mi dilungavo nell'amplesso, non andavo al mercato e tornavo a casa a mani vuote. (Cappotto, talvolta si deve prendere cappotto, è anche più credibile).

Naturalmente, il mercato in questione era decisamente fuori zona rispetto a quello frequentato da Alice, lei comprava al Mercato Orientale, questo invece era in via Gramsci, di fronte all'Acquario, per intenderci, vicino a casa di Laura. Fu in quel periodo che incominciai a frequentare il chiosco di Ditasudicie. Spesso alle sette, "dopo la pesca", affamato com'ero, passavo a farmi una focaccia imbottita col salame piccante e un bianchetto. Più di una volta mi capitò di incontrare il marito di Laura, l'operaio di fonderia, che prima di tornare a casa passava anche lui a farsi un bianchetto, e una volta gli offrii pure da bere. Era il minimo. Anche lui era un appassionato di pesca e così scambiavamo qualche parola, una volta mi disse che avremmo potuto andarci insieme, a pescare. Difficile, pensai. Il giorno che gli offrii da bere, ricordo, ebbi il primo fugace "contatto" con un piccolo grande uomo destinato a diventare uno dei miei migliori amici, quello che stimo di più. Quando il tipo, ringraziandomi, se ne andò, uno che stava mangiando uno strano panino che aveva fatto imbottire con sarde crude e pomodori secchi, e che aveva seguito tutta la scena, mi disse: «Chiddu curnutu lu facesti». Fu la prima volta che Saro Murgia mi rivolse la parola. Rimasi interdetto.

Ma, tornando ad Alice, la mia meticolosità non si fermava certo qui. Dopo aver comprato i pesci svolgevo minuziosamente le seguenti operazioni: li toccavo ben bene con le mani, appiccicavo qualche squama ai pantaloni (vicino alle tasche), infilzavo (ogni tanto) nella bocca di un pesce un amo in modo che Alice lo trovasse quando li puliva (dal pescivendolo non li facevo pulire) o, se non lo trovava, mi servivo a cena il pesce infilzato e trionfalmente recuperavo l'amo mentre mangiavamo. Una volta, però, mi confusi e servii il pesce allamato ad Alice, le piaceva la testa.

«Ahi! Ma cosa diavolo c'è in questo pesce?»

«In che senso?» risposi io ingenuo.

«Ma pensa te, un amo, a momenti lo ingoiavo, accidenti a te e alla mania della pesca. Ma non possiamo comprarli 'sti pesci, come fanno tutti gli altri?»

«Vuoi mettere, cara, il gusto di andarli a pescare?»

A questo punto si potrebbe pensare: ma se stava così attento, com'è che si è fatto scoprire?

Ricordo che ero appena rientrato da un'infruttuosa mattinata di pesca e vidi Alice, in piedi, davanti alla porta di casa, minacciosa come un temporale, con tutta la mia roba in una valigia.

«Che c'è, partiamo?» le chiesi ironico.

«*Tu* parti» mi rispose serissima.

«E dove vado?»

«Te ne vai fuori di casa, stronzo che non sei altro.»

«Ma cara... cosa dici?»

Ero seriamente preoccupato, Alice non diceva mai parolacce.

«Dico che se non sparisci immediatamente ti ammazzo.»

«Ma cosa ho fatto di male? Non sarà perché ho preso cappotto? Ma sai, oggi i pesci non ci davano» dissi per sdrammatizzare.

«Grandissimo bastardo, ora lo so dove vai quando esci prima dell'alba. Mi hai sempre tradita, ne sono certa, ho le prove. Quante te ne sei fatte, eh?»

«Io tradirti? Ma stai scherzando?»

«Non cercare di negare, brutto bastardo, non parlare, non dire niente, prendi la porta ed esci che se no qui finisce in tragedia.»

Uscii, perplesso e spaventato, non insistetti nemmeno in una classica negazione a oltranza, perché Alice non l'avevo mai vista così arrabbiata.

Mentre scendevo le scale, anche piuttosto velocemente perché mi era parso che Alice fosse andata in cucina a cercare un coltello, mi chiedevo: come ha fatto? Dove ho sbagliato?

Poi lo capii.

Ero per strada, sotto casa, vestito da vero pescatore, con la valigia in una mano e le canne da pesca e un sacchetto di lumache di mare per i bambini nell'altra, quando lei aprì la finestra, mi chiamò (cioè mi urlò stronzo) e mi tirò un quaderno strappato. Lo raccolsi e mi venne un colpo. Erano gli appunti che prendevo ogni giorno per scrivere il maledetto pamphlet sulle tecniche di tradimento. C'era tutto questo e molto di più, tenevo perfino un diario con nomi cognomi luoghi situazioni e sintetiche considerazioni sull'amplesso.

Meglio così, tanto non sarebbe durata, anzi la psicologa junghiana – Ilsa la belva delle ss – mi disse che in un certo senso l'avevo fatto apposta, avevo fatto in modo che Alice lo trovasse, quel quaderno di appunti, come fanno gli adolescenti quando lasciano il loro diario in giro perché i genitori lo leggano.

Dopo Alice mi lanciai in nuove avventure, nessun'altra storia "seria". Poi entrò nella mia vita, come un fulmine a ciel sereno, Maria...

# 彼女であればと願う ― 土曜日と日曜日

ovvero

# Vorrei che fosse lei

## Sabato e domenica

... E ora, sono qui da sette giorni. Ho scritto come un pazzo, ma mi è venuto istintivo. Ho riflettuto molto su di me, e anche questo mi è venuto istintivo, si vede che ne avevo proprio bisogno. D'altra parte, il tempo non mi è mancato. Devo dire che la vita al monastero ha anche i suoi aspetti positivi, anche se pochi: pace e tranquillità, stop. In realtà, più che pace e tranquillità è la morte civile, peggio che all'ospedale Juntendo. Essere monaci zen è una rottura di palle incredibile. Con la scusa della meditazione non fanno un cazzo tutto il giorno, si piazzano sotto una pianta – solo io, chissà perché, per meditare dovrei farmi il mazzo fino in cima al cratere – e dormono. Dopo quelle due o tre ore di meditazione, invece di divertirsi un po', camminano in lungo e in largo per il monastero e ogni volta che si incontrano – e a forza di girare si incontrano almeno cento volte al giorno – si fanno l'inchino. Per il resto recitano mantra su mantra, qualcuno suona il piffero, mangiano in pratica una volta sola nelle ventiquattro ore – e stendiamo un velo pietoso su *cosa* mangiano – si svegliano alle sei e vanno a letto con le galline che non hanno altrimenti ne avrei già tirato il collo a qualcuna, vista la fame che ho. Per fortuna che l'altra sera sono riuscito a organizzare una bella cenetta, e anche se, alle dieci, metà dei monaci zen erano completamente abbioccati, ci siamo divertiti, e l'ultimo monaco è andato a dormire a mezzanotte, sbronzo. Passeggiavo col Maestro e lui mi stava dicendo che era preoccupato perché le vocazioni sono sempre meno, e molti giovani che arrivano quassù se ne vanno dopo uno o due anni.

«Per forza Maestro» gli ho detto, «ti rendi conto che noia la vita qui? Va bene la spiritualità, ma sono ragazzi... un po' di vita cazzo. Stanno sempre a pregare, mantra e meditazione, meditazione e mantra, mangiano *di lungo* cavallette, fanno il liquore del monaco zen ma non lo bevono perché lo vendete al mercato, cioè scusa lo barattate, di scopare naturalmente manco a parlarne. Dopo un po' ti rompi i coglioni anche se sei un santo, vabbe' un buddha.»

«È vero, Andrea, ma questa è la vita del monaco zen, e poi cosa potrei fare? Per fare in modo che si svaghino un po' ho messo perfino su un complessino... gli Okeshi[4]...»

«Si vabbe' però anche lì, li ho sentiti suonare... due palle... neanche a un funerale...»

«Guarda che quella è musica gagaku...»

«E vabbe', sarà anche musica gagaku, però dopo dieci minuti che la senti ti spari nei coglioni, fidati, figurati a suonarla...»

[4] I Reincarnati.

«E allora cosa dovrei fare secondo te?»

«Tanto per cominciare, batteria e chitarra, elettrica naturalmente...»

«Ma qui non abbiamo l'elettricità!»

«E allora? Installate un bel generatore, li venderanno i generatori a Tokyo no? Poi ci vuole il basso, ma di quelli tosti, e semmai piffei e queste cose qua di contorno. Per gli spartiti non ti preoccupare che te li mando io dall'Italia. Ti spedisco due o tre belle cosette di Al Bano, che è la base, due o tre di Gigi d'Alessio, e anche qualcosa di Mino Reitano, sai quello che abbiamo visto insieme alla tele all'ospedale... il concerto... *Live in Osaka*... Mi ricordo che ti era piaciuto... ehm... un casino, quando lui è partito col ritornello "*Giappone Giappone*" sei anche caduto giù dal letto! Insomma, gente che va bene per voi. Poi, con calma, semmai passate a dei pezzi un po' più impegnativi. Io vi vedrei bene sull'heavy metal prima maniera, tipo Ozzy Osbourne dei Black Sabbath... sai quello rovinato che fa il reality su MTV... tipo *Casa Pappalardo*.»

Il Maestro mi guardava interdetto.

«Già, non ci pensavo, tu non lo puoi sapere. A proposito, la televisione. Mandi qualcuno a Tokyo e vi comprate una bella televisione al plasma e anche il lettore DVD che un po' di dischi di quelli giusti te li mando io, tranquillo. E poi, non dico sempre, ma ogni tanto, organizzate una festa, che so un happy hour, che va tanto di moda, oppure una bella cenetta, ma senza cavallette, e magari ti spedisco anche un libro di ricette, ne ho uno a casa sulla cucina romana, così provate a cucinare qualcosa di nuovo... amatriciana, abbacchio, una bella coda alla vaccinara che qui ho visto che due o tre animali *tipo buoi*, ce li avete, e se proprio non li volete ammazzare perché siete zen basta che gli tagliate la coda. Capito? Anzi, oggi che giorno è?... (inutile chiederlo al Maestro perché lui non sa neppure che anno è, ho pensato mentre glielo chiedevo), dunque vediamo, mercoledì siamo andati su al cratere... giovedì alle terme, venerdì è venuto Schillaci... sabato, cazzo, stasera è sabato sera! Ascolta Maestro, se mi dài il permesso ti organizzo una cenetta, ti va?»

«Cioè?»

«Una bella mangiata di trofie al pesto con patate e fagiolini.»

«Che sarebbero?»

«Non ti preoccupare, tu dammi farina, acqua e due monaci per impastare che al resto ci penso io.»

«Ma, non so.»

«Dài, è sabato sera, un po' di vita!» Ero gasato da matti, come se dovessi andare al Carillon in qualche serata giusta.

Avevo in valigia (cioè, ormai fuori dalla valigia) due enormi barattoli di pesto che mi aveva preparato Luis, l'amico ristoratore di Portofino. Io non volevo prenderli, ma lui aveva insistito perché diceva che «il pesto viene sempre bene». Durante i diciannove giorni del mio ricovero ospedaliero, li avevo lasciati nel frigo della camera dell'albergo, così si erano perfettamente conservati (in pratica avevo speso quasi cinquantamila yen a notte per tenere in frigo due vasetti di pesto, visto che in albergo non ci avevo mai dormito e avevo pagato già tutto dall'Italia). Le patate le coltivavano loro e più o meno erano come le nostre. Di fagiolini, nemmeno l'ombra, l'avevo detto tanto per dire. Abbiamo impastato tutto il pomeriggio, come minimo cinque chili di trofie che per venti andavano più che bene. Ad aiutarmi a impastare il Maestro mi ha mandato la monaca giovane, quello schianto di monaca zen, alla quale, chissà perché, forse per un improvviso e insondabile rigurgito di timidezza, la stessa dei miei quattordici anni, non ero ancora riuscito a rivolgere una parola. Era tutta timidina anche lei, ma non faceva altro che guardarmi, e quando le facevo vedere come impastare si lasciava toccare le mani che era un piacere. Che bello che è stato, giocavamo a impastare come due bambini, ci tiravamo la farina, ridevamo, ci sfioravamo ed erano brividi, brividi dimenticati. Alla sera se le sono spazzolate tutte, compreso un chiletto buono di *frisceu*[5] che avevo preparato con la farina che mi era avanzata e fritto in una pentola wok, che sembrava fatta apposta per friggere i *frisceu*. Ma il pezzo forte sono state le dieci bottiglie di Pigato del Fuji che ho offerto io e che si sono scolate loro. Insomma, hanno mangiato, bevuto, e si sono divertiti.

A un certo punto ho detto al Maestro: «Una serata così al mese e non se ne va più nessuno, parola di Andrea Zanardi».

E lui, un po' su di giri perché ci aveva dato dentro col Pigato, alzando il bicchiere mi ha risposto: «Una alla settimana, cin cin».

[5] Frittelle tradizionali della cucina ligure preparate con acqua e farina e spesso usate come stuzzichini da aperitivo.

Poi mi ha detto che rompe la cassetta delle offerte e uno di questi giorni mi manda con qualcuno di loro a Tokyo a comprare la tele.

Verso le undici, dopo esserci scolati anche due bottiglie di liquore del monaco zen, abbiamo cantato *Ma se ghe pensu*. Prima ho scritto le parole su un foglio, ma direttamente come si leggono: *Ma se ghe pensu allua mi veddu u ma, veddu i me munti e a ciassa d'a Nunsià, rivveddu righi* ecc. ecc., poi gliel'ho un po' cantata, e infine, quando erano pronti, sono salito su una seggiola e con una bacchetta con la punta ancora sporca di pesto (le trofie, ovviamente, le abbiamo mangiate con le bacchette) ho diretto il coro. Sono stati bravissimi, sia nell'intonazione che nella pronuncia, tranne che per le erre, dicevano *livveddu lighi*, ma si capiva lo stesso. Sembravano i Trilli[6]. Mi sono commosso, e a pensarci mi vengono i brividi ancora adesso. La giovane monaca zen non cantava, ma ancora non faceva altro che guardarmi ammirata, e io ogni tanto le sorridevo, ma ero tutto concentrato a dirigere.

Durante la cena è successa una cosa apparentemente insignificante, ma che si è rivelata il preludio all'incontro più sconvolgente che mi potesse capitare e che è avvenuto la mattina dopo. A un certo punto, ho notato che la giovane monaca zen aveva riempito un piatto di trofie ed era uscita dal salone come se le dovesse portare a qualcuno, sempre col gatto appiccicato alle calcagna naturalmente. Ho chiesto al Maestro per chi fossero. Lui mi ha spiegato che al

---

[6] Complesso dialettale genovese.

monastero c'è una monaca zen che se ne sta chiusa nella sua cella da cinque anni e non esce mai, una sorta di monaca zen di clausura, per intenderci. L'unico contatto che ha col mondo è attraverso le sbarre della finestrella sulla porta del suo rifugio, da cui le passano il cibo, ed è attraverso quelle sbarre che forse qualcuno le ha parlato di me. D'altra parte non c'è da stupirsi, avrà chiesto come mai al posto delle solite cavallette le portavano le trofie al pesto!

Ebbene, la domenica mattina la monaca zen di clausura mi ha fatto chiamare. Quando sono arrivato davanti alla porta ho visto la sua ombra spuntare da dietro le sbarre.

«Avvicinati, Andrea» mi ha detto in italiano con una voce roca che mi ha messo i brividi addosso.

Mi sono avvicinato. Lei ha tirato fuori una mano dalle inferriate e mi ha accarezzato.

«Caro Andrea, sono contenta che il tuo karma ti abbia portato qui, da me.»

Eppure io questa voce la conosco, ho pensato.

«Tu sai chi sono vero?»

«No, veramente mi sembra di riconoscere la sua voce ma...»

«Riconosci la mia voce? In effetti, forse quella è l'unica cosa di me che non è cambiata. Allora, chi sono?»

«Ma... non saprei.»

«Andrea, caro, sono Nina, Nina Corallo, non ti ricordi più di me?»

«Ni... ni... na» ho farfugliato, agitatissimo.

*Nina! Ma è Nina! Nooo... porca miseria porca: è Nina!*

Ora sì che ricordavo davvero la sua voce, roca,

207

profonda, sempre sensuale. La voce di Nina Corallo! Non era possibile, stavo sognando.

«Calmati Andrea, sì sono io, sono Nina.»

«Ninaaa? Ma come diavolo...» ho urlato, questa volta.

«È una lunga storia, Andrea, prendi una sedia e mettiti comodo che te la racconto.»

Non c'erano sedie, ma lei da dietro le sbarre non lo poteva vedere.

«Ti sei seduto?»

«Ecco sì, mi sono seduto.» Non mi ero seduto, naturalmente, avevo fatto finta di sedermi su una sedia invisibile. Me ne stavo così, con le gambe mezze piegate e le mani attaccate alle sbarre per non cadere, ma non avevo avuto voglia di dirle che non c'erano sedie perché non volevo perdere tempo, ero troppo curioso di sapere.

«Quando sono tornata in Sicilia, vent'anni fa, per accudire mia mamma, pensavo di dover rimanere per poco tempo, ricordi? Sei mesi, un anno al massimo. Nessuno poteva immaginare che la mamma superasse la malattia, e io l'avrei accudita finché il Signore se la fosse portata via, poi avrei sistemato tutte le cose e sarei tornata da te, anche se ero certa ormai che non mi avresti aspettato. Invece, grazie all'intervento di san Biagio, cui a quei tempi ero devota, la mamma si riprese, ma non così tanto da poter vivere da sola come prima...»

*All'intervento di san Biagio? Ma cos'è, un chirurgo?*

«... così decisi di restare con lei, dopo aver abbandonato un figlio in fasce non potevo certo abbandonare anche mia madre malata. Sette anni, tanto ci mise mia madre a morire, sette lunghissimi anni, durante i quali iniziai a intraprendere il mio percorso mistico. In quei sette anni non potevo quasi uscire di casa perché sentivo su di me gli sguardi della gente del paese, che ancora mi colpevolizzava per aver abbandonato figlio e marito. Chiesi a tutti notizie di mio figlio, ma nessuno voleva dirmi niente, poi, un giorno, ricevetti una lettera anonima in cui c'era scritto che mio figlio viveva col padre in un podere vicino a Paternò. Andai subito da lui, ma mi ricevettero con la lupara in mano. Povero bambino mio, vittima di quel padre padrone, che non l'aveva fatto studiare, che lo picchiava con la cinghia e col bastone, che da quando aveva dieci anni lo mandava a lavorare sui campi dalle sei del mattino fino alle sette di sera, e che da mangiare gli dava solo sarde crude.»

«Sarde crudeeee?» ho avuto un altro sussulto.

«Sì. Sarde crude...»

«Io ho un amico che mangia solo sarde crude, come si chiama suo figlio, scusi?»

«Si chiama Saro, Saro Murgia, e tu lo conosci bene no? Infatti, Corallo è il mio nome da signorina, ero sposata Murgia.»

Ho deglutito ancora e ho farfugliato: «Ma lei come sa che...».

«È stato Saro a scrivermi, a dirmi che saresti venuto da me.»

«Ma cosa sta dicendo? Saro non poteva sapere che...»

«Saruzzo sa sempre tutto, ricorda, sapeva che saresti venuto in Giappone e se lo sentiva che prima o poi saresti capitato qui. Nella lettera mi ha raccontato di te, della vostra amicizia, del tuo turbamento mistico, di Maria che gli piaceva tanto ma che non avrebbe osato avvicinare a meno che tu non gli avessi dato il permesso, cosa che, e questo ti fa onore, poi hai fatto... Comunque, tornando alla mia storia e a quella di Saro... Vivevano come due eremiti, in una casa che pareva una stalla, senza luce e senza riscaldamento, senza nemmeno il bagno...»

*Ma dov'era, in un reality?*

«... Quando il padre di Saro morì, nel 1994, andai subito da mio figlio, all'inizio lui non mi volle nemmeno vedere, ma poi, a poco a poco, con pazienza e dolcezza, riuscii a conquistarlo. Feci un voto: il giorno in cui lui mi avesse chiamato mamma per la prima volta sarei entrata in clausura... Quando lo fece, il mio percorso mistico a poco a poco mi aveva portato ad abbracciare la fede buddhista e così sono partita alla ricerca di me stessa, e al termine di un mio lungo girovagare, soprattutto interiore, sono approdata qui e ho deciso di rispettare il mio voto, restando in clausura, come monaca zen.»

«Sì... d'accordo, mi scusi sa, ma non capisco... com'è che Saro è venuto a Genova e lei... monaca zen.»

«Tu, dammi pure del tu, o hai sempre questa difficoltà a dare del tu alle persone?»

«No... è che mi sembra strano che ti sia fatta monaca zen... proprio tu.»

«Le vie del karma sono infinite, Andrea, e tu lo sai bene. Chissà forse anche tu un giorno...»

«Nina... lasciamo perdere...»

«Be', comunque, mi hai chiesto come mai siamo venuti a Genova. Tu lo sai, io a Genova avevo molte conoscenze, ho lavorato per molto tempo al San Martino e così riuscii a trovargli un lavoro da manovale, sai, Saro era analfabeta, di meglio non si trovava... poi appena ho capito che si era sistemato, che aveva trovato anche qualche amico...»

«Chi, Ditasudicie?»

«No, un certo Vincenzo Guastella, uno che ha un banchetto di panini in via Gramsci, un nostro paesano, un bravo ragazzo.»

«Sì vabbe' ma è lui, Ditasudicie è il suo soprannome, comunque è vero, è un po' manesco ma bravo.»

«Be', insomma, quando l'ho visto sistemato e ho capito che non aveva più bisogno di me sono partita, il resto te lo puoi immaginare.»

Siamo restati a parlare ancora per quasi due ore, mi ha fatto i complimenti per il pesto di Luis – anche se mi ha detto che lei ci avrebbe messo un po' più aglio – mi ha raccontato ancora di sé, dicendomi, tra le altre cose, che era stata proprio lei a fare in modo che io andassi a Londra. Io le ho parlato di me e di quanto lei, nel bene e nel male, fosse stata importante, e più gliene parlavo e più me ne rendevo conto.

Alla fine, turbato come ancora lo sono adesso, le ho promesso di tornare a trovarla, mi sono *alzato*, e con le gambe anchilosate sono andato via. Incredibile, la donna che mi ha fatto compiere la "svolta", quella che mi ha spiegato le donne, che mi ha insegnato involontariamente, o forse no, chissà, a capirle e conquistarle adattandomi camaleonticamente alle loro esigenze, quella che in fondo mi ha fatto diventare quello che sono ora, era qui, e tutto era cambiato. Incominciavo a sentire che dovevo arrendermi al mio destino, che dovevo abbandonarmi al misticismo, che forse era quello il mio karma. Nulla succede per caso.

A proposito: ieri sera, saranno state le dieci, ho sentito bussare alla porta della mia stanzetta. Toc toc. Sono andato ad aprire. Era la monaca zen, "Cenerentola". Era triste, piangeva, voleva parlare, per fortuna conosceva l'inglese. Fino ad allora non avevamo mai scambiato una parola, non avevo mai neppure osato chiederle se sapeva l'inglese, davo per scontato che non lo sapesse, e anche quando abbiamo fatto le trofie insieme eravamo solo sguardi e sorrisi, sfioramenti e brividi.

«Do you speak english?» le ho chesto, timidino.

«Yes, of course.»

«Ma va? Ma guarda te, e io che non ti ho mai rivolto la parola.»

«What?»

«No, it's not important, why do you cry?»

«I don't know» mi ha risposto tirando su col naso. Non sapevo neppure come si chiamava.

«What's your name?»

«My name is Shikibu.»

«And... where is the cat?»

«The cat is under the table, in my room.»

Mi sembrava di essere Mr Brown, o in terza media, quando mi interrogavano in inglese, stavo per dire «And the pen is on the table» che tra l'altro, in effetti, c'era veramente. Poi le ho detto di sedersi accanto a me, sul letto, "On the bed".

«Dimmi» le ho chiesto, «cosa c'è che non va?»

Ammetto che ero davvero interessato, anche questa faccenda che era senza gatto mi incuriosiva.

«No» mi ha risposto lei, «piango perché sono felice, anzi, sono un po' triste e un po' felice.»

Alé, ci siamo, ho pensato, ero interessato, d'accordo, ma quando iniziano così non la finiscono più.

«Cioè?» le ho chiesto ancora, timidamente.

«Sono felice perché ho capito di aver superato il lutto per la perdita del mio amore, e lo ha capito anche lui...»

«Lui chi, scusa?»

«Il gatto.»

«Ah.»

«... e sono triste perché mi dispiace separarmi da lui...»

«Da chi scusa, dal gatto?»

«No, dal mio amore.»

«Ah.»

«Volevo ringraziarti, non l'ho ancora fatto.»

«Di cosa?» le ho chiesto facendo finta di non capire.

«Per averci salvato.»

«Ma figurati, ci mancherebbe altro.»

«Quello che hai fatto è stato molto di più di quanto possa apparire.»

«Ma no, ti ho salvato, vabbe', ma non...»

«Quello che conta è che hai salvato lui.»

«Lui chi, il gatto? «

«No, cioè sì, il mio amore. Grazie a te si è chiuso il nostro karma.»

«Non capisco.»

«Forse non lo sai ma il mio amore è morto annegato.»

«Lo sapevo, me lo aveva detto il Maestro.»

«Sì, ma quello che non puoi sapere, perché l'ho detto solo alla mia maestra confidente, è che io quel giorno ero lì, ma ho avuto paura... c'era un mezzo tsunami...»

«Un mezzo tsunami?»

«Sì, noi siamo di Susaki, nell'isola di Shikoku, agli tsunami ci siamo abituati, questo aveva sollevato onde di due o tre metri, non tanto alte. Avevano dato l'allarme di uno tsunami di media potenza in avvicinamento, e così il mio amore, invece di scappare, ha voluto andare a vedere le onde sulla spiaggia...»

«Be', allora un po' se l'è cercata.»

«Un po' sì, però anche io ero lì, e quando ho visto l'onda sono scappata, ho avuto paura, lui no, ha preso il materassino e voleva fare surf...»

«Vabbe' ma dài... fare surf sul materassino con lo tsunami non è da furbi.»

«È vero, ma c'era riuscito, aveva cavalcato l'onda. Non è mica affogato in quel momento, è affogato dopo, quando lo tsunami si stava ritirando. Eravamo andati sul pontile a vedere il riflusso, un pontile alto, sicuro, ma lui ha voluto fare il bagno, voleva solo pucciarsi un po', pulirsi perché era tutto sporco di fango, si è calato dalla scaletta e voleva restarci aggrappato ma poi è scivolato. Non sapeva nuotare ed è annegato, si vede che era stanco.»

«No scusa, si vede che era scemo! Abbi pazienza, non sa nuotare, cavalca l'onda col materassino e gli va bene, poi sul riflusso fa il bagno? Lo credo che annega!»

«Sì è vero, ma era euforico, in quel momento si

sentiva invincibile, e poi la colpa è anche mia che non sono riuscita a salvarlo, ho avuto paura, neanche io so nuotare, il mare era ancora agitato...»

«Be', stavi annegando nel laghetto, se cercavi di salvarlo con lo tsunami... non dovresti sentirti in colpa.»

«Lo so, ma ci si sente in colpa lo stesso. Però questa volta non ho avuto paura, per me è stato importante, è stata una prova karmica. Sapevo che prima o poi il nostro karma ci avrebbe messo di fronte a una situazione del genere, ma non pensavo già in questa vita, e poi credevo che dovessi essere io a salvarlo, invece io dovevo semplicemente vincere la mia paura, e credo che il nostro karma si sia chiuso o che si chiuderà in una delle nostre prossime vite, dipende se lui ti ha già salvato oppure no. Probabilmente, ti ha già salvato.»

«No, mi dispiace, che io mi ricordi nessun gatto mi ha mai salvato la vita, forse da piccolo non so.»

«Non un gatto! Il mio amore, e comunque non in questa vita, lui ti ha salvato in una vita precedente, ma quando stava annegando tu non c'eri, eri distante, in tutti sensi. Lo hai salvato adesso, e hai salvato anche me. Ora, perché il nostro karma si chiuda definitivamente, dovrò essere io a salvare te in una prossima vita, o magari anche in questa, chissà.»

«Difficile che tu mi possa salvare, dovresti prima imparare a nuotare.»

«Non è mica detto che io ti debba per forza salvare mentre stai annegando, ci sono molti modi per salvare un uomo.»

«Vabbe', sia come sia, l'importante è che tutto sia finito bene» ho detto buttandomi sul classico perché incominciava a fumarmi il cervello.

«Lo sai?» mi ha detto languida, e poi ha abbassato lo sguardo.

«Cosa?»

«Ieri mentre facevamo le trofie ero felice. Per la prima volta dopo cinque anni mi sono sentita libera dal dolore e ho capito che forse ero pronta a staccarmi da lui.»

«Da lui chi? Dal gatto?»

«Sì, cioè no, dal mio amore.»

«E da cosa l'hai capito?»

«Da come stavo con te. Mi piaceva stare con te, hai qualcosa non so... di carismatico... che mi attrae, che mi fa sentire a mio agio, felice, così ho pensato che forse... e cinque minuti fa ne ho avuto la conferma, quando sono uscita dalla mia camera per venire qui, perché avevo voglia di vederti, lui è rimasto sotto il tavolo, per la prima volta non mi ha seguito.» Si riferiva sicuramente al gatto, non credo che il suo amore fosse sotto al tavolo, "under the table".

«E allora secondo te cosa vuol dire?» le ho domandato gongolante.

Lei ha di nuovo abbassato lo sguardo e mi ha detto:

«Oggi pomeriggio l'ho chiesto anch'io a Madre Balolla».

«A chiii?»

«Alla monaca di clausura che vive qui, è saggia, è una bodhisattva illuminata come il Maestro. È lei la mia maestra confidente, senza il suo aiuto non ce l'avrei mai fatta a superare il dolore della perdita del mio amore, anche se fossi arrivato tu.»

«Sì, ho capito, ma com'è che si chiama?»

«Madre Balolla, è un nome bellissimo, nella nostra lingua ha un suono dolcissimo e soave, come il soffio del vento di aprile tra i rami di ciliegio. Ma cosa vuol dire in italiano? La Madre ha deciso di chiamarsi così, ma non ha mai voluto rivelarne il significato a nessuno, né il motivo di questa scelta.»

«Ah guarda, non lo so proprio, mi dispiace. Ma piuttosto, cosa ti ha detto... ehm... Madre Balolla?»

«Mi ha detto che sei un uomo speciale, che ti ha parlato stamattina e ha visto nei tuoi occhi riserve d'amore infinite, e poi mi ha detto che se mi fai l'effetto che mi fai è perché è proprio come pensavo.»

«Cioè?»

«Che finalmente sono pronta a distaccarmi *da loro.*»

Secondo me questa volta ha detto "loro" per evitare che le chiedessi «Lui chi?».

Abbiamo parlato ancora un po' del mio essere un uomo speciale e poi... era ascetica, d'accordo, ma Schillaci me lo aveva detto: se le sai prendere dal verso giusto le ascetiche ci stanno ancora più delle altre. È stato bellissimo, abbiamo fatto l'amore per quasi tutta la notte. "Fatto l'amore", questa è l'espressione giusta perché provavo un tale trasporto, una tale passione e l'abbiamo fatto con così tanta dolcezza che non potrei usare nessun altro termine. Lei mi ha detto che erano anni che non faceva l'amore così, e c'è da crederle, anche perché erano anni che non faceva l'amore. *Dopo* se n'è andata da sola, non ho avuto bisogno neppure di chiamarmi sul fisso dal mio cellulare per raccontare la solita palla dell'ictus. D'accordo, non avrei potuto farlo perché il *mio* cellulare sul monte Fuji non prende e neppure avevo il telefono fisso, ma non ne avrei avuto bisogno comunque, le ho detto, semplicemente: «Torna in camera tua ora, Shikibu, sono un po' stanco e voglio dormire. Domani devo andare sul cratere a meditare».

Non ho dormito, invece, ma ho pensato alle parole del Maestro quando mi diceva che dovevo ricordare quale fosse il segreto del mio insuccesso di un tempo. Mi sono accorto che con lei ero stato spontaneo, ingenuo, perfino timido, non avevo fatto calcoli per portarmela a letto, per certi versi non ci avevo neppure pensato, non avevo fatto fatica, né discorsi, non era stato un lavoro, non avevo cercato di diventare qualcun altro per averla. L'avevo conquistata senza neppure volerlo. Ero stato me stesso, anche quando l'avevo mandata via, perché tra l'altro ero veramente stanco e domani, cioè oggi, dovrei andare davvero sul cratere a meditare. E allora, forse è questa la parte di me che dovevo recuperare. Adesso tutto mi appare chiaro, inevitabile, semplice e naturale, proprio come diceva il Maestro. Io le donne le mando via perché è come se volessi mandare via quel me stesso che non sono. Ma la cosa più strana è che... no, non me la sento di dirlo, ho detto tutto ma questa no, è troppo grossa, non me la sento proprio, non è possibile, non ci credo, mi sembra così strano, eppure...

Bussano alla porta, che ore sono... Già le dieci, chi sarà? Ma sì lo dico, già che bussano alla porta lo dico, anzi lo scrivo. Vorrei che fosse lei.

# Ringraziamenti

Un primo doveroso ringraziamento va a Eugenio, il mio fruttivendolo, che ha tradotto con attenzione e competenza tutte le frasi in genovese. Il ringraziamento più sentito, invece, va a Stefano Tettamanti, il mio agente, per tanti motivi che hanno a che fare con il lavoro, ma anche con l'amicizia. È stato lui a convincermi a scrivere questo libro, ed è stato sempre lui, con le sue risate leggendo i primi capitoli, a invogliarmi a continuarlo, quindi, se non vi è piaciuto, è con lui che dovete prendervela. Se invece sono riuscito a strapparvi qualche risata (come quelle che mi sono fatte io scrivendolo), allora ringraziatelo anche voi, perché, come dice Nina Corallo: ridere vuol dire emozionarsi.

# Indice

Finito di stampare nell'ottobre 2008 presso
il Nuovo Istituto Italiano d'Arti Grafiche - Bergamo
Printed in Italy

ISBN 978-88-17-01625-4